절대온도의 시선

절대온도
의
시선

서현
과학 에세이

띠움

차
례

01

건물 사이로 흔들리는 꽃 • 8

시선으로부터 • 16

국룰의 시대 • 23

타인의 시선 • 28

질소 포장제 • 34

한때의 부러움 • 40

시간의 미분 • 46

이해할 수 없는 세상임에도 • 52

9할의 DNA • 60

결과로 말하는 세상이지만 • 67

결함의 쓸모 • 75

상실의 기쁨 • 80

02

절대온도의 시선 • 88

북두칠성 • 95

시선 너머에 보이는 것들 • 99

끼리끼리 녹아든다지만 • 104

먼지 뭉텅이 • 109

입자가 되어 • 115

고유하던 발소리 • 119

태도가 상쇄될 때 • 123

날 좋은 날 • 127

단순화, 생략, 가정 • 130

수성과 금성 사이 • 135

지구가 아프다지만 • 143

03

유일한 종, 무이한 계 • 150

평균의 허들 • 160

왜소행성 134340 • 165

아주 작은 것들의 힘 • 169

세포, 배터리, 픽셀 • 174

3도 화음 • 179

스트레스가 자욱이 드리울 때 • 184

내게 허락된 욕심 • 188

당장은 변하는 게 없다지만 • 194

손때 묻은 것들 • 197

습관적 능동태 • 201

삐딱한 시선 • 208

에필로그_ 절대영도의 시선 • 210

건물 사이로 흔들리는 꽃

가끔 몸만 컸다고 느낄 때. 사소한 일들로 흔들리고 무너지려는 자신에 화가 나기도, 작은 실책으로도 낙망하는 모습에 답답해할 때. 삿된 사유나 개별적인 이유로 중심을 못 잡을 때가 있다. 그럴 때면 세상 앞에서 한없이 위축되곤 한다. 지나가는 바람에도 흔들린다는 유소년기는 한참 전에 끝났음에도, 철 가리지 않고 틈틈이 불어오는 외풍에 마음 한 켠이 서늘한 건 지금도 여전하기만 하다.

컸으면 큰 만큼 의연해지는 걸 무릇 당연시하는 세

상이다. 가벼운 타박상에도 눈물을 보이고 늘 주위를 지키던 보호자의 보살핌이 있던 어릴 적과 달리, 우리에겐 혼곤 속을 헤맬 때조차 넘어지지 않을 의무가 있다. 공과 사를 구분 못 하는 게, 감정의 뒤끝이 일상으로 넘어오는 게 어른답지 않다고 하니 늘 그렇게 나의 사건과 세상의 동작을 분립시켜야 한다. 둘은 서로에게 영향을 줘선 안 되는 독립변수라니까.

아는 것이 많아지고 할 수 있는 게 늘어 갈수록 시험에 들게 하는 요인은 한없이 늘어난다. 몸집이 커지고 어른에 다가간다는 건 인간관계부터 감정 관리, 생계, 업무, 가정, 일상까지 각종 책임 소재가 늘어남과 합일한다. 그럼에도 아무렇지 않은 듯 살아가야 하는 불문율은 언제나 굳건하기에, 때때로 갈피를 못 잡는 자신에게 연민 섞인 비난을 하며 버텨 보기도 한다. 혹자는 천 번은 흔들려야 꽃이 핀다고 하니 말이다. 허나 그만한 인내가 부재한 탓이었나, 현실 속에선 열 번의 흔들림만으로도 힘주었던 다리가 금

세 풀리는 경우가 허다하다. 흔들림의 실체를 알기 전까진 되도록이면 숨기며 지내던 이유였다.

시련의 일련은 갈수록 늘어날 텐데, 그럼 어떻게 받아들여야 할까. 사전에 방지할 수 있는 영역은 아니다. 외풍은 늘 한결같을 순 없다. 훈풍이 불어오기도, 선풍이 닥쳐오기도 한다. 존재의 예상은 할 수 있어도 시기의 예측은 해낼 수 없다. 그러니 얼마간 받아들여 보기로 한다. 건물의 층고가 그렇다. 오를수록 흔들림은 비례하며, 아득히 높아질수록 빌딩이 흔드는 진동은 격해진다. 커져 가는 몸집만큼 버텨 내야 할 외력이 증가하기 때문이다. 하지만 흔들리면서 되레 안정을 되찾는다. 한 틈의 흔들림조차 고려되지 않은 설계는 외벽에 금을 남긴다. 한 번 새겨진 금은 이내 내벽을 파고들어 곳곳에 상흔을 새긴다. 늘어난 상흔은 누적되어 결국엔 무너짐을 부른다. 흔들림이란 결국 높다란 존재에겐 안전을 위한 역학적 설계였다.

일생 '무언가'를 이루려 노력한다. 고생하고 버텨 낸다. 그러다 숱한 외풍이 닥친다. 흔들림은 그 선행 과정이자 전제 조건으로서 거듭 나타난다. 층위가 쌓일수록 더 많이 흔들리는 고층 빌딩처럼, 높아져 가면 그만큼 흔드는 요소가 늘어나기 마련이다. 물리 법칙은 여느 누구에게나 어느 물체에나 동등하다. 어디에 있든 어떤 모습이든 관계없다. 오를수록 에너지를 가지고, 에너지를 가질수록 불안정은 커져 간다. 위세에는 합당한 위기가 따른다. 흔들림은 그런 위태를 위한 과정이자 정온을 위한 현상에 가깝다. 중심잡기라는 일련의 행위들이 쌓여 안정을 찾아가는 과정. 갈대처럼 여러 인자를 버텨 내는 일. 오름에 있어서 동반되는 흔들림이 필요하다.

　　마천루마다 고유의 진동수가 있다. 재료와 높이, 넓이와 구조가 다름에 저마다 고유한 흔들림을 가진다. 그러니 나만 나부끼는 것 같단 생각도 무용하다. 제각각인 개인들 또한 특유의 흔들림을 지닌다. 각자의 진동에는 시기도, 범위도, 크기도 달리한다. 흔들리는 방식도, 떨리는 과정도, 털어 내는 방법도 일체 다를 테지만, 제 나름대로 외압에 맞서는 법을 터득해 간다. 어떤 형태든 상관없다. 주목해야 하는 건 시시각각 몰아드는 빌딩풍을 각자의 떨림으로 버텨 내는 건물들처럼 떨림 그 자체에 있다. 외풍에 힘겹다면 떨림을 기억한다. 그건 성장과 굳건함을 토대로 늘어날 내력의 초석이 될 테니 말이다.

흔들림에 무심해지는 방법. 그건 도리어 흔들림을 기꺼이 받아들일 때 다가온다. 공포와 불안은 정체를 모를 때 커져 간다. 본질을 아는 순간 초조함은 사위어 간다. 커져 가며 흔들리는 건 어쩌면 당연한 현상이자, 성숙에 동반된 과정이다. 새로움을 잔뜩 안고 무언갈 시작하기 직전, 몸을 휘감던 전율과 떨림을 경험해 봤을 테다. 한 차례의 긴장을 겪어 내면 한 폭의 발돋움을 어렴풋 느껴 내기도 했을 거고. 무수한 흔들림을 겪어 내야 하는 이유는 다름없다. 몸을 이루는 원자들은 떨리면서 안정을 찾고, 몸

담고 있는 건축물과 지축마저 여러 차례 떨어 대며 중심을 잡는다. 견지해야 할 태도는 흔들리지 않으려 버티는 게 아니라 잘 흔들리는 편에 가깝다. 여유는 정적에서 오지 않는다. 다단이 반복될 숱한 떨림을 인지할 때 찾아오는 법이다.

높은 곳을 향해 쌓여 갈수록, 위치 에너지는 비례한다. 떨림은 높아지는 과정을 버티는 일이자, 무사하다는 방증이기도 하다. 떨림에는 분명한 메시지가 있다. 가만히 우직하게, 무감히 버티는 게 능사는 아니었음을 알려 준다. 얇디얇은 갈대가 제 몸의 몇 배나 되는 풍압을 견디는 원리이기도 하다. 높이 올라온 만큼 역학적으로 진동은 동반되기 마련이다. 그런 흔들림을 보고 나약하다고 할 수 있을까. 그건 외려 안전한 설계다.

억지로 버텨 낼 필요 없고, 쉽사리 낙심할 것도 없다. 건물 사이에 피어난 꽃은 빌딩풍에 맞춰 흔들린다. 넘어뜨린다면 잠시 앉았다 다시 일어나면 될 일이다. 밀어낸다면 일순 흔들렸다 다시 중심을 잡으면 될 일이고. 고초가 지나가면 또 한 차례 자라나 있을 테니, 그저 시간 지나 그 모습을 돌아보면 될 일이다. 흔들림을 머금은 꽃은 유난히 질긴 법이다.

시선으로부터

      수치는 웬만한 걸 1초 만에 판별한다. 그런 현실에
선 숫자 하나로도 정해지는 승부가 즐비하다. 성취와 성적
은 대개 숫자로 대비되고 외적인 면면이나 물적인 부분조
차 곧장 수로써 순서가 매겨진다. 현시에 겨뤄지는 모든 건
승과 패의 두 갈래로 여과되기에, 현실 승부에선 늘상 승
리와 패배라는 양극단이 명확하다. 수치화란 분명 편리한
도구지만, 편리성은 서로의 승수와 패수를 가름하는 데도
만연히 쓰인다.

승부의 세계에서 지지 않는 법엔 오로지 상대를 이기는 수만이 무이하다. 승부에 따른 열패감은 상대와 자신 중에 한 명은 반드시 가져야 하는 결과물이기에, 거듭된 패배를 차마 인정하지 못해 부정해 버리는 정신승리자마저 생겨난다. 혹자는 그런 정신승리만큼 무안한 게 없다고도 한다. 열등감에 겨워 모든 걸 부정하는 정신승리는 무참함을 불러온다며. '경기나 경합에서 겨루어 패배했음에도 자책감에서 벗어나기 위해 지지 않았다고 행하는 정당화'라는 사전적 정의처럼 말이다. 하지만 패배가 고압적으로 짓누르는 정당화가 아닌, 능동적으로 정신승리를 이용하는 사람들이 있다. 내가 가지고 지닌 것들에 집중하고, 누리며 향유할 수 있는 것들에 한 번 더 몰입하는 자족감으로서. 어쩌면 승부의 세계에서 지지 않는 또 다른 방법으로서.

소위 '가진 자'가 이 말을 듣는다면 조소할지 모르겠다. 허나, 정신승리를 추구한다는 건 현실 속 승부에서 패퇴하겠다는 선언이 아니다. 정신승리를 추구하는 자

또한 현실의 산물을 다단이 갖추려고 애쓰는 건 매한가지다. 똑같이 치열한 삶을 위해 보통의 나날을 지새운다. 단지 승패를 구획하지 않는 점에서 둘의 차이가 드러난다. 끝나지 않을 겨루기에 굳이 애태우지 않기 때문이다. 현실 속 승리에는 맺음이 없다. 갈증에 염수를 삼켜 봐도 그건 또 다른 갈증을 키우고, 이내 한 겹 더 커다란 갈망을 낳는다. 내면의 충만한 성취감을 느끼며 자유로이 지내는 것과 현실의 우열에서 승리하되 끝없이 갈망하며 지내는 모습 중 무얼 택할지는 순전히 자의에 달렸다. 그럼에도 모든 순열엔 시작과 끝이 없단 걸 인지한 순간, 전자를 택일하지 않을 이유는 없다.

생각이 현실을 바꾸는 게 무용한 정당화가 아니란 근거 또한 찾을 수 있다. 법이 바뀌어 공식 연령이 한 살 감소했음에도 일상에선 그다지 의미를 주진 않아 보인다. 법적 나이가 감퇴했다고 해서 세포가 그에 맞춰 한 해 어려지고, 생체 시계의 햇수가 뒤로 간 것도 아니니 말이다. 하지만 스스로를 젊다고 느끼는 사람들의 뇌 속 변연계의 반응이 대조군에 비해서 상대적으로 젊다는 연구 결과는 이전에도 이미 여러 차례 입증된 사실이다. 플라시보라 일컫는 위약 효과 또한 동일한 메커니즘이다. 생체적으로나 병리적으로나, 정신승리가 마냥 근거 없는 호도가 아니란 뜻이다. 의과학적 사료들로 굳이 귀납해 보지 않더라도, 언제 잃거나 패할지 몰라 불안과 불만이 가득한 삶보단 누리는 것들에 집중하는 정신승리가 나은 선택이란 건 그다지 어려운 논리가 아니다.

　　　믿는 대로 살아가고, 사는 대로 믿어지는 법이다. 무의식 속 각인된 현재의 시간 단위조차 상상의 산물이다. 천체가 틀을 잡고 천지가 자리 잡은 건 40억 년이 더 지났음에도, 일상 속 세상은 여전히 인위적으로 정해진 2024년 아래에서 흘러간다. 세상의 질서는 진리가 아니다. 편리상 정한 규칙일 뿐이다. 팩트는 언제나 객관성을 추구해야 하지만, 일상 내내 거시적인 사항을 가시적으로 판별해 낼 감각은 언제나 부재하다. 그러니 때로는 무지와 무능의 함정에 빠지기도 했지만, 그런 미숙함은 정신승리를 적용하기에는 더없이 좋은 기반이 되어 준다.

물론 각종 자웅이 그득한 현실에 치이다 보면 열패감이 종종 몰려들곤 한다. 객관으로 따져 봐도 아직도 부족하고 모자란 항목들이 더러 있다. 그렇기에 더욱이 내가 바꿀 수 있고 닿을 수 있는 부분만을 떼어 낸다. 그리고 집중을 그곳에 돌린다. 연일 불협스럽거나 불만족스러운 일들과 조우함에도, 일상을 이겨 내게 해줄 더없는 수단일 테니 말이다. 일상이 거듭되면 바라던 이상에 한 발치 다가설 수 있다. 누군가에겐 당연할 수 있고 어떤 이에겐 부족할 수도 있겠지만, 승부의 결과만은 멋대로 정하려 드는 까닭이다. 동일한 행동에 대한 반응을 능동적으로 조절하는 행위. 이기적이고 편파적인 승부가 하나 있다.

시시각각 모자란 게 눈에 띄기 마련이다. 눈에 드

는 부족함은 자꾸만 저층으로 끌어당긴다. 언뜻 보기에 다들 풍족한 듯 보이고 모자람 없이 사는 듯 들리니, 경쟁에 지쳐 포기해야만 하는 시대다. 그러니 한 발 빼어 정신부터 이겨 놓고 시작해 본다. 곳곳에서 신경을 긁어 대던 자웅에 애써 응하지 않는다. 대신 가성비 좋은 승리를 취한다. 현실에 널린 여타 승부와는 달리, 승자도 패자도 없는 유일한 승부. 성패 없는 싸움에는 비용이 휘발되어 정산을 요구하는 영수증이 매겨지지 않는다. 만족과 감사의 역치를 한껏 낮출수록 열락의 가능성은 급격히 오른다. 승부사에겐 남의 점수란 적수敵數에 불과하지만, 승리자에겐 겨룰 적수敵手조차 사라진다.

무책임한 정당화가 아닌, 능동적인 마음가짐은 언제나 정신을 다루는 이의 선택과 의지에 달려 있다. 다행히도 마음을 다스리는 승부의 세계는 누구나 접근할 수 있는 곳이다. 다복히도 접근법 또한 쉽다. 따로 전략을 요하지도 않는다. 비용도 없고 효과도 즉각이다. 무엇보다 아무에게도 피해를 주지 않는, 패자를 남기지 않는 세상 하나뿐인 승부처다. 더 가진 자도, 덜 지닌 자도, 누구라도 상상 속에선 자신의 승부처를 찾을 수 있다. 그곳은 상대평가가 사라진 절대 가치의 영역이기 때문이다.

      승부의 세계에선 오로지 현물로 가름되는 현실승리만이 우열의 정수로 치부되곤 한다. 그러나 사람이란 통제할 수 없는 영역을 통제하려 들 때 곧잘 무력감에 빠지고 마는 존재다. 현실승부에선 오로지 첨탑의 꼭대기를 차지한 자들만이 열패를 피할 수 있다. 힘겹게 오른 자리는 영속하지도 않다. 승수를 겨뤄야만 하는 상대평가가 끝도 모른 채 늘어지는 까닭이다. 시선으로부터 벗어날 수 있는 마땅한 수단은 다름없다. 눈앞에 아른거리던 적수를 지워 내면, 냉철할 것만 같던 승부의 세계에도 온기를 찾을 수 있다. 정신승리의 온상이다.

국룰의 시대

정도에 함몰된 세계, 소수만을 위한 정석 코스가 보통시민의 조건이 되어 가는 세상이 있다. 시류니 국룰이니 정석을 위시하는 표현은 시대를 거쳐 다변하지만, 그 속내는 한결같다. 크게 부각되지 않더라도 누구와 견주어 뒤떨어지지 않는 조건과 자격. 겉보기엔 빈틈이 없어야 하며 대다수가 인정한 특정 굴레를 웬만한 과락 없이 밟아 간 사람. 보통 아닌 상류가 되어야만 도달 가능한 '보통 사람'. 분명한 모순임에도, 어느덧 우리 일상에 다소 녹아든 정서가 있다.

정석의 끄나풀은 오랜 기간 매듭짓지 못한 채 현생 곳곳으로 얽혀든다. 통과의례의 탈을 쓴 경쟁 속에서 분투하다 결핍이 하나라도 드러난다 싶으면 서로에게 낙인烙印이란 낙인烙印을 찍는다. 비교나 비량에 따른 눈치싸움은 이제 만연하다 못해 당연해진 탓에, 누구나 체감할 수 있게 되었다. 그런 양태가 싫어 방향타를 한껏 꺾어 본들, 이내 일갈이 날아든다. 정석의 세계에선 독자가 걷는 노선이란 곧 모남을 뜻하니까. 가치가 이미 정립된 세계에선 모난 돌은 정을 맞는 법이다.

다수가 살던 좁디좁던 세계 속에서 한 차례의 부침 없이 살아남은 소수의 승자가 있다면, 그보다 넓은 세상에는 상호 간 경쟁 대신 줄곧 부딪치며 살아온 이도 있다. 좌우간 부딪치며 자신을 알아 가는 사람. 스스로와 대화를 나누는 법을 고민하고, 경험을 늘려 가며 나의 취향과 기호를 면밀히 살피는 사람. 그런 사람들의 일생 속엔 대개 목적이 녹아 있다, 목표가 아닌 목적. 목적은 '주위의 경쟁자를 짓누르고 중산층에 들겠다'와 같이 속계에 만발한 목표들과는 다르다. 목적이란 단계별로 하나씩 따내는 대상보다는 은은히 나타나는 방향에 가깝다.

목표로 점철되어 온 사람은 겉으로 화려하고 웬만한 걸 모두 갖춘 듯 보인다. 하지만 누가 봐도 정석에 맞게 살아온 자가 이따금 남기는 회한들이 있다. 10대 때의 후회와 20대 때의 구회, 30대 시절의 반성이나 40대 시기의 자성. 남의 말에 휘둘려 일생 꿈꾸던 일에 도전 한 번 못해 후회하던 모습. 정해진 길에서의 이탈이 두려워 앞만 보던 지난날들. 맹목이 주는 경고에는 소리가 없다. 목적 잃은 사람의 동공을 가까이서 들여다보면 휘황하던 겉치레가 한껏 초라해질 정도로 희멀건 회백색 눈동자가 드러난다.

목적 있는 자들은 대부분 자기만의 색채를 지녔다. 언뜻 남들과 비슷해 보이면서도 생경하고 뚜렷한 빛깔. 그건 여느 물질로도 치장할 수 없는 눈동자서 드러난다. 부딪침에는 분명 힘이 있기 때문이다. 직접 해보고 부딪칠 때 자신의 요령이 생긴다. 주체적인 경험을 녹여 낼 때 내게 잘 맞는 방식을 습득해 간다. 그러니 부딪침에 미리 두려워할 것 없고, 다가올 부침에 애써 겁먹을 필요 없다. 생채기는 새살로 덮이기 마련이며, 근육은 찢어진 후에야 그 자리를 뒤덮고 성장한다. 고유한 색채를 칠해 가는 과정도 일반 다를 것 없다. 부딪치고 굴절되며 꺾이기도 해 봐야 보이는 한 틈. 하늘이 파란 이유는 백색광이 대기 속 입자와 부딪친 끝에 꺾인 결과물이다. 노을이 붉은 이유 또한 같은 이유고. 오로지 속도감에 몰입한 직진에는 대개, 색채가 없다.

우리는 국룰이란 학습된 허영을 이미 알고 있다. 조금만 지나면 유행은 곧바로 뒤바뀌고, 또다시 새로이 현현하는 대세를 뒤쫓아 달려가니 말이다. 한 사람이, 한 매체가, 한 현상이 유발한 일파가 만파로 변해 모두에게 또 다른 기준을 따르라고 하는 이상한 강요 말이다. 하지만 생의 법칙들은 다단한 굴곡을 거친 후에야 겨우 드러날 준비를 마친다. 때에 따라 급변하는 유수와는 다르다. 한 번 드러나면, 항시 빛을 발한다. 방향이 주는 반향이다. 그러니 조급해할 것도, 눈 가린 채 뒤따라갈 것도 없다.

그럼에도 내 길을 찾겠다고 사회가 쌓아 온 질서를 외면하는 건 분명 오만에 불과할 테다. 나만 가진 것의 힘을 더해 주기 위해선, 아이러니하게도 남들이 가진 것을 어느 정도는 지녀야 한다. 학창 시절 공부에 손을 놓아 버린 사람이 교육 체계의 한계점만을 논한다면, 혹은 디지털 세상에서 수기로만 일을 하겠다고 고집한다면 본인만의 합리화나 아집에 그치고 만다.

공동체의 질서 속에서도 틈틈이 늘려 나간다. 나만의 소비, 혼자서의 생각, 부딪치며 늘려 가는 자신만의 경험. 동급생의 걸음과 동년배의 눈치를 살피다 놓쳐 버린 탐색의 시간을 복기하는 일. 목적 있는 사람이, 자신의 룰을 아는 자들이 '남들 다 가진 것' 없이도 여유로운 까닭이다.

타인의 시선

일부러 타인의 시선을 빌려 볼 때가 있다. 매일같이 나를 보고 내 모습을 마주하며 자신과 마주치는 존재는 세상 자신뿐이니, 그곳엔 분명 빈틈이 실재한다. 한껏 멋스레 치장했을 때도, 양껏 자다 일어나 헝클어진 찰나에도, 매 순간을 함께하며 관찰해야만 하는 존재이자 나의 모든 면을 알고 있는 자. 내게 부여된 장점만치 감추고픈 부분 또한 또렷이 마주한다. 추억보단 부끄럽고 후회되는 기억의 잔상이 더욱 짙듯이, 잘남보단 못난 모습이 일층 더 눈에 띄곤 한다. 그럴 때면 문득, 평소 멀리하려던 삼자의 시선을 빌리고 싶을 때가 있다.

구석구석 살펴보다 찾아낸 외적 결함성, 끝없이 반추하다 끄집어낸 내적 결여감. 몸속 빈약한 부분은 어느 곳이며 남다른 신체적 열등은 어떠한지, 성격상 고치고픈 하자는 얼마나 있으며 부족한 성정과 기질은 무엇인지. 겉으로 드러난 외형부터 감정적이고 선천적인 마음의 영역까지. 나를 자주 들여다보고 잘 안다는 건, 이렇듯 나의 끝단 아래쪽에 있는 부분마저 잘 알아 가게 됨과 맞닿는다.

마음에 안 들거나 성에 안 차는 사람이 나타났을 때 그의 일거수일투족이 자꾸만 지분거렸듯, 내가 지닌 다층적인 면면에서도 모자람이 시야에 우선 들기 마련이다. 설령 바꾸려 한들 변할 수 없는 불가분의 영역일지라도 시선의 침착을 쉬이 걷어 내기는 쉽지 않다. 애호보다는 혐오가 주는 흡인력이 훨씬 더 강한 탓이다. 하지만 스스로를 해석하는 과정 곳곳엔 오류가 숨어 있다. 단순 감각적으로만 살펴봐도 족히 알 수 있다.

정면에서 보는 진짜 '내 모습'은 어떠한지, 그건 죽을 때까지 두 눈으로 목도할 수 없다. 골의 울림 없이 오로지 성대의 순수한 떨림만으로 발하는 '내 목소리' 또한 다를 바 없다. 남들이 보고 자연이 듣는, 그 대상을 스스로는 맞대하는 건 불가능하다. 사진 속 내 모습이, 영상 속 내 음성이 그간 내가 알던 나와는 달리 어색하게 느껴지는 까닭이다. 내면이나 성격 또한 다름없다. 내가 쌓은 편력과 내력들을 절절히 살필 수 있는 사람은 오직 자신뿐이기에, 그곳엔 어쩔 수 없는 일정량의 왜곡이 동반된다.

자신에 대해 잘 알 것 같지만, 이렇듯 냉정히 바라보면 자신을 보는 시선과 감각에는 구멍이 드러나 있다. 철새와 같은 계절 동물은 인간이 무감한 자기장의 자극에 반응하고, 일부 동물들은 인류가 못 듣는 초음파를 감지한다. 종 간의 차이뿐일까, 인종이 지닌 감각 기관과 메커니즘의 태반은 서로 비슷하겠지만 그럼에도 민감도는 모두가 달리한다. 소리에 과민한 사람이 있는 와중에 후각에 예민한 사람이 있고, 전체를 빠르게 파악하는 사람 저편에는 부분을 세밀히 간파하는 사람도 있다. 이들은 모두 같은 대상을 같은 기관으로 바라보고 이해함에도 제각기 감응한다.

주체 없이 타인의 시선만을 의식하는 태도는 건전치 않다. 그러나 때로는 삼자의 시선을 빌려 볼 이유 또한 그곳에서 나온다. 내가 인지한 콤플렉스는 자꾸만 시선을 끌지만, 사람들은 생각보다 흔히들 타인의 콤플렉스를 잘 모른다. 더욱 정확히는, 타인에게 쏟는 관심에는 나만큼의 애정이 없다. 대개 콤플렉스는 이 과정을 인지하지 못해 태어난다. 혼자서 집착하던 콤플렉스에 침잠되지 않기 위해서 타인의 눈동자를 빌려 조망해 보고 타자의 생각으로 관찰해 볼 의무이기도 하다. 내가 부여한 모남이 그의 시선에선 충족한 부분일 수도 있고, 혹은 전혀 개의치 않을 만한 사소함일 수도 있으니까. 그건 타인과 잣대를 겨루던 비교나 겉치레가 아닌, 나만의 맹시야에서 벗어나 새로움을 발견해 줄 드넓은 시야가 되어 줄 테니 말이다.

나를 제일 잘 알고 있는 사람. 그만큼 사사로운 단점마저 가장 잘 보이는 사람과 조금은 멀어져 본다. 혼자서 쌓아 올리던 태연자약한 시선 속에 남이 남을 보던 대충의 시선을 어느 정도 섞어 본다. 도구로써 활용해 본다. 한 사람 한 사람의 시선이 포개어진 정묘한 객관안은 그렇게 만들어 낼 수 있다. 주체적이지만 다정함이 양립된 객관안. 콤플렉스는 응당 지닌 것들을 누리는 데 일절 도움을 주지 않으면서, 열위에 가득한 요소만은 집요하게 끄집어낸다.

한 동작을 오래 유지하고 있으면 그 구조에 맞춰 몸은 서서히 굳어 간다. 몰려오는 통증을 막기 위한 스트레칭은 굳어진 자세와 정반대의 형태를 취한다. 마찬가지로 하나의 시선으로 바라본 대상은 하나의 감각에만 편재되어 간다. 그러니 때로는 타인의 시선을 빌려 본다. 스스

로 자꾸만 침잠되던 모난 부분을 더 이상 신경 쓰지 않게
해줄, 대강의 눈길 말이다.

질소 포장제

나름 막역한 사이라 여겼던 관계와 일순 단절된 날. 누구나 겪는 일이라지만, 어린 마음에 도무지 이해되지 않아 원인을 며칠 내 곱씹어 봐도 해답은 나오지 않았다. 문제 될 일 하나 없이 지내다가도 어느 날 뒤에서 들려오던 폄하의 말들을 들었을 때에도, 멋대로 찾아왔다가 마음대로 끝맺음을 하던 사람이 다가왔을 때에도 마찬가지였다. 내가 준비한 호의가 변질되어 상처가 되는 순간이나 반대로 누군가의 친절이 도리어 나의 역린을 건드리던 상황에도 똑같이 그랬다. 사람이라면 응당 이성적일 것이라 여기지만, 실상은 아주 비합리적일 때가 많다는 걸 깨달아 간다. 사람이 설키고 엉킨 현실에선 이해 불가한 상황이 숱하게 일어나듯 말이다.

　　개인이란 변수들이 뒤엉켜 원치 않던 후과가 발생하는 거지만, 내가 부족해서 사태가 벌어졌다고 생각될 때면 스스로가 한없이 작게 느껴지곤 한다. 때문에 '답이 없다는 것도 하나의 답'이라는 사실을 더욱 의식해 갔다. 그렇다고 해서 그 모든 과정이 이해되는 건 아니었지만, 그 덕에 이해되지 않던 일들도 서서히 받아들일 순 있었다. 나로부터 비롯되지 않았으며, 통제할 수도 없는 외생적인 변수들이라고. 이해가 아닌 인정으로써 말이다. 존재하지도 않던 답을 더는 찾아내려 하지 않으니 속앓이로 애타던 마음도 한결 가라앉았다. 답이 없음에도 답을 찾으려 한다면, 그 틈을 놓치지 않고 인지부조화는 여지없이 찾아온다.

　　'제품의 신선도를 유지하기 위해 질소충전포장을

하였습니다.' 식품을 감싸는 여느 포장지에는 이런 문구가 곁들여져 있다. 신선도를 위한다는 미명 하에 당당히 제 몸집의 몇 갑절이나 되는 부피마저 합리화시킬 수 있는 문구. 너무하다시피 포장해 놓은 과자 봉지를 뜯고 과다함을 걷어 내고 나면, 그제야 원하던 결과물이 소량 드러난다. 뭐든 그렇다. 난잡하게 덮인 겉을 걷어 내고 나서야 원하던 물질이 드러나는 이치 말이다. 그런 불문율은 지금 들이켜는 공기마저도 빠짐없이 적용되는 사실이다. 산소가 없으면 죽는 건 논증할 필요도 없이 자명한 사실이지만, 실상 공기 중의 산소 농도는 21%에 불과하다. 나머지의 태반을 78%라는 비율로 질소가 차지한다. 불요함을 거르고 나면, 생존에 필요한 남은 양이 고작 21%라는 게 어쩌면 허탈하기도 하다.

자연스레 멀어지고 당연스레 정리되는 관계들이 이제는 예전만큼 황망하진 않다. 아쉬움이란 잔여감은 여전하지만, 걷어 내야 할 양이 8할에 달한다는 걸 상기해 보면 기꺼이 떠나보낼 수도 있다. 산술적으로도 단순히 5분의 1로 나누면 되는 셈이니, 더없이 깔끔하기까지 하다. 어차피 그리될 관계들은 얼마나 친했고 일시에 얼마나 깊었든 간에, 결국엔 한시에 분립되어야 할 곁가지들이었을 테니까. 그럼에도 세상에 나고 부분을 이루는 것들에겐 뭐든 태생적 역할이 있기 마련이다. 태반을 차지하던 공기 속 질소는 체내의 산소 흡수를 돕기도 한다. 무수히 겉도는 관계를 거치고 나서야, 정말로 소중한 존재의 가치를 알아차리게 되는 것처럼 말이다.

열린 마음을 갖고 당차게 세상으로 나서지만 점차 서로에 대한 믿음을 잃고 상처가 쌓여 가던 사람들. 의심 없이 흡습하다가 점차 부피만 늘어난 관계의 층위들. 노력의 유무나 애정의 여부를 떠나, 서서히 부피가 빠져나가는 모습을 보다 보면 그간 알맹이보다는 포장에 너무 기를 쓰고 공을 들인 건 아니었나 싶어진다. 소화하기 힘들 정도로 탐식해 버린 음식물은 기어이 탈을 내곤 하니 말이다.

풍족해 보이게 만드는 것들은 외면의 겉을 칠하지만, 내면까지 가닿던 건 늘상 겹겹이 싸인 포장을 벗겨 내고서야 드러난다. 부피감을 늘려 주나 속까지 내밀히 채우지는 못하던 질소. 속을 감싸 주는 외장 또한 중요한 역할을 하겠지만, 종국에는 의미로운 것들은 보통 알맹이에 맞닿아 있다. 바람이 빠져나가는 모습에도 점점 무던해진다면, 되레 알맹이에 집중해 보는 이유이기도 하다.

한때의 부러움

한때는 부러운 게 참 많았다. 굳이 공정할 필요가 없어도 될 영역임에도, 거대한 성공부터 조그마한 성취까지 어느 하나 가릴 새 없이 차오르는 마음이 있었다. 태생적으로 도달할 수 없는 영역에서도, 아니면 딱히 닿지 않아도 될 부분에서조차 서슴없이 피어오르던 숱한 시새움. 제각기 남다른 사람들이라 여겨보고 별다를 개인들이라며 마음을 눌러보지만, 모두가 두 팔 두 다리를 일관되게 지니고 있듯이 일생에서 거쳐 가는 것들은 대개 비슷하게 겹치곤 한다. 그건 물질적인 부분을 벗어나도 달라지지 않는다.

기준들은 대체로 명확했으니까.

　　부러움의 정서엔 옳고 그름을 재단할 수 없다. 외려 자연스러움에 가깝다. 구태여 배척하거나 혐오할 정도로 나쁜 것도 아니고. 예사스레 피어오른 숱한 감정 중 하나에 불과하다. 때론 땔감처럼 지난한 일상에 동력을 불어넣어 주기도 한다. 하지만 어느 정도로 통제할 수 없다면 삶의 질이 급격히 추락하는 감정들도 있다. 가만히 놔두면 기어이 자의식을 잠식하려 드는 감정들. 부러움 또한 그중 일면이라 방만한 순간을 틈타 자꾸만 산패되려 한다. 의식 없이 묵혀 두면 어느새 시기와 질투, 시샘과 질시 같은 말들로 변모되어 한없이 자신을 깎아내리게 만든다. 의심 없이 부러워할 때마다 자아가 한없이 수축하던 이유였다.

　　무언가를, 누군가를, 어딘가를 부러워하는 만큼 내 모습은 그에 맞춰 서서히 흐려진다. 바깥으로 향하는 마음은 곧장 내가 지니던 색채를 지우고 명조를 없앤다. 그러다 이내 도달할 수 없음을 느끼고 좌절한다. 그도 아니면 멀쩡한 자아를 애써 다른 대상에게 의탁해 가며 위안 삼는다. 눈 감고 코끼리를 만지며 닿는 곳마다 제각자 다르게 받아들인다는 맹인모상의 이야기처럼, 부러움의 영역은 보통 그러한 경우가 다분하다. 가져 보지 못하고, 겪어 보지 않은 것들은 심 깊이 이해하기 불가능한 것이기에 오로지 한 각도에서만 빛나던 한 면만을 집중한다. 남의 고충과 속내는 전혀 모른 채, 그렇게 표상만 보고선 부러워한다.

각자의 속도에 맞춰 가고 자신의 속력에 맞게 나아가면 된다지만, 기어이 번호를 매기거나 순위를 달아 경쟁하는 세태이니 때론 샘이 나는 것도 맞다. 그럼에도, 와중에 절대 변치 않는 사실이 하나 있다. 추월과 역전을 반복하며 주변과 벌이던 경쟁과 달리, 아무리 서둘러 본들 일정하게 머무는 속력. 내가 얼마나 빠른들, 혹은 아무리 느린들 개의치 않고 영원히 한 점에 고정된 속도. 광속 불변의 원리는 숱한 이론과 실험으로 다년간 검증된 사실이다. 그러니 타인의 '빛남'에 이끌려 따라갈 것도, 타자의 '윤남'에 애달파 할 필요도 없다. 한때나마 맹종하던 빛나는 것들의 성질. 부러움을 사던 반짝이는 물질의 실체다. 그간 우릴 애태우던 상대속력의 마지막 도착점이 늘 일정하다는 건, 속력이란 굳이 경쟁을 벌일 영역이 아님을 뜻한다.

　　　지금도 부러운 것들은 여전히 도처에 파다하다. 하지만 부러워하는 습관을 지워 내려 하는 이유는 간단하다. 반복은 습관처럼 남기 때문이다. 버릇처럼 속어를 섞어 쓰던 사람들이 어느새 얕은 대화 중에도 욕설이 입말에 붙어 버린 양태를 쉽게 관찰할 수 있다. 습관처럼 부정적으로 말하는 사람들이 무얼 하기도 전에 지레 안 될 거라며 진즉 포기하는 모습도 여럿 보았고. 그건 시간의 축적이 쌓아 버린 흔적들이라 전원 버튼을 켰다 끄는 일처럼 간단히 분리되지도 않는다. 한순간에 바꿔 보려 해도, 오른손잡이가 왼손으로 비뚤게 글을 쓰듯 어색하기만 하다.

그대로 놔둔들 바뀔 건 어느 하나 없다. 대신 구체적으로 바라보고, 세세하게 수식해 본다. 외적인 면모가 부럽다면 멋스럽고 태가 좋다는 표현으로, 내적인 면면이 부럽다면 여유롭고 성숙하다는 식의 형언으로 세밀하게 대체해 본다. 안 좋은 습관도 의식해서 피하다 보면 어련히 무뎌지게 된다. 무의식이 속삭이는 부러움의 말을 머릿속에서 지워 낸다. 입이 아닌 속으로 되뇌는 일도 삼간다. 타인으로부터 비롯된, 타인이 주가 되어 건넨 부러움이라는 감정을 지워 내고 그 자리에 자기만의 감상으로 치환한다. 그렇게 남에게 느낀 대단함을 말미암아 나의 미점도 한 번 찾아내면 될 일이다.

내가 못 가진 것이나 내게 없는 부분이라고 해서, 내게도 필히 요구되란 법은 없다. 그걸 유도하고 이끄는 건 오직 자기 내면의 판단이자 감상일 뿐이다. 사연 없는 사람 없고, 사정 없는 사람 없다. 드러나지 않은 속사정까지 기어코 알아낸 후에도 온전히 모든 걸 부러워할 게 아

니라면, 드러난 표상에게 아까운 부러움을 함부로 건네
지 않는다.

시간의 미분

시간을 미분하면 한 장의 사진으로 남는다. 전후를 따지지 않고 같은 장소에서 여명의 순간을 사진에 담아 본다면, 일몰의 장면인지 일출의 시점인지 분간하기란 쉽지 않다. 다음의 변화는 점차 밝아지거나 차츰 어두워지는 두 갈래의 뚜렷한 격차임에도, 일몰과 일출의 가시적인 차이는 일면만으로 드러나지 않기에 찰나의 관찰만으론 웬만해선 느낄 수 없다. 설령 맞힌다 한들 그건 예측을 통한 직관보다는 절반의 확률에 기댄 감각에 가까울 테다.

이렇듯 한 치 앞도 모른 채 순간만을 바라보며 살아가는 우리에겐, 예상과 판단이란 종종 한계에 부딪히고 만다. 그러니 변화의 시기에도 그 미묘한 변화량을 인지하기란 쉽지 않다. 성장기의 몸은 하루라는 작은 틈에서조차도 쉬지 않고 꾸준히 커갔지만, 변화가 주는 체증을 나날이 인지할 수 있는 사람은 없듯 말이다. 한참을 지나고 나서 들여다본 거울 속 부쩍 자라 있는 키와 늘어난 팔다리, 바뀐 목소리와 체형, 맞지 않는 예전의 신발을 통해서야 시간이 가져다준 변모를 깨닫곤 한다.

변화의 본질이 원래 그렇다. 목전으로 체감하는 영역이 아니다. 매일 같이 비슷해 보이던 공사 현장이 어느새 완공을 앞두던 모습처럼, 한참이 지난 후에 되돌아보는 과정이다. 인생의 전환점이 흔히 변곡점에 비유되곤 하지만, 변화가 일어날 변곡점의 순간일수록 오히려 당장 드러나는 건 없기 마련이다. '변화의 변화량'이 0인 지점. 변곡점의 정의가 그렇다. 변화의 변화가 수평에서 멈춘 시소마냥 평

평한 위치이기에 그 안에선 방향을 알 길이 없다. 하지만 수평에서는 이내 어느 쪽으로든 기울게 되어 있다. 변화의 단초란 애초에 그런 수평의 연속들이니까, 순간순간 애써 인식하려 들지 않아도 된다는 뜻이다.

변화를 위한 노력이 힘든 이유는 효용을 당장에 알 수 없기 때문이다. 건강을 위해 며칠 운동을 하고 식단을 조절해도 느껴지지 않고, 성적을 위해 몇 날을 공부해 봐도 실력이 느는 건지 도통 모르겠으니 지속이란 힘들 수밖에 없다. 하지만 변화의 본질을 알고 나면 변화의 지난함도 어렴풋 이해하게 된다. 느끼진 못해도 변화는 일어나고 있다는 걸 설핏 깨닫게 된다. 자전과 공전을 쉬지 않고 반복하는 공간 속에 살아도 몸과 머리는 그 사실을 조금도 느껴 내지 못하지만, 그럼에도 늘 변화의 한가운데에 있던 건 변함없었다. 계절은 바뀌고 절기는 변한다.

물론 변화라고 해서 항상 좋은 결과만을 주는 건

아니다. 당차게 도전했지만 되려 악화를 거듭하거나 실패와 좌절을 얻기도 한다. 일출의 시기라 확신하며 집을 나서지만, 예상 없던 일몰을 마주하고선 어둠 속에 헤맬 때도 있다. 그런 기억과 경험들이 누적되어 어느새 발을 한 걸음 떼는 데에도 망설임은 늘어 간다. 수평의 모습이 내려가는 도중에 찍힌 건지, 올라가는 와중을 담은 건지 아니면 그대로 쭉 멈춰 있던 건지 단편만으로는 전혀 모르니까. 그러다 결국엔 '해봤는데 어차피 안 되더라' 같은 마음이나 '당장 해도 지금은 별반 달라질 것도 없는데'라는 생각에 붙들린다. 허나 그런 염려와 기우를 먹으면 먹을수록 과거에 붙잡히고, 나아가야 했던 현재는 정작 멈추고 만다.

뭐든 시작하고 나면 뒤돌아봤을 때 남아 있는 것들이 분명 있다. 그간 휘청이기도 하고, 이리저리 휘둘리면서 비틀대며 걸어온 길들. 때로는 되돌아가야 하기도 했던 길. 그 모든 과정을 더하면 한 편의 적분값이 되니까 지나온 흔적들이 남기는 결괏값이 선뜻 남아 있다. 제자리에 머물렀다면 면적은 제자리에 멈추어 적분값은 존재하지 않는다. 설령 불만족스런 결말로 매조지어도 그 또한 지나온 길이다. 과거에 머물면 현재를 살 수 없다고 한다. 그건 현재에 머물러 있다면 미래에 도달할 수 없다는 의미와도 이어진다.

　붉은 하늘만 보고선, 일몰일까 혹은 일출일까 한껏 고민한들 결과는 어차피 지나야 알 수 있는 사실이다. 그러니 앞날의 기울기를 알 수 없음에도, 그 때문에 수없이 주저하고도 발을 내딛을 수 있는 사람들이다. 한 발씩 가다 보면 기울기가 들쭉날쭉할지언정 적분값은 꾸준히 늘어날 테다. 원점에 머문다는 건 시간이 흘러도 되올 수 있는 것들이 없단 말이니까. 상승이 될지 하강이 올지 몰라도 우선 나아가면 보이는 것들이 있다.

　앞으로 어두워질지, 아니면 밝아질지 모르더라도 우선은 흐르게 두어야 다음 모습을 알게 된다. 설혹 다음 장면이 어두워지더라도 그리 좌절할 것도 없다. 자연의 섭리대로 또다시 밝아질 테니 한 번 더 나아가면 된다. 보다 중요한 건 발을 내딛어 다음 장면을 보았다는 점이니까, 매 순간들의 미분값에 좌불안석하지 않고도 현재를 살아 낼 수 있다. 불안에 겨운 지금조차도 목하 변화의 일련일 테니, 조급함 없이 그저 시간 지나 되돌아보면 될 일이다.

이해할 수 없는 세상임에도

    짧은 생에도 이해 안 되는 건 한가득이다. 책을 펼치면 드러나는 복잡한 문법과 난해한 수식. 어지러이 흘러가는 거시 경제의 흐름과 꼬여만 가는 외교 관계. 난잡하게 흘러가는 세계의 질서와 끝없이 대립하지만 결론 나지 않을 가치의 우열들. 미량의 감조차 오지 않는 천체의 섭동과 우주의 역학까지. 이해하려고 한들 섣불리 이해할 수 없는 다난한 영역들이지만, 정작 우리의 일상 속에선 그 모든 것보다 이해하기 힘든 대상은 따로 있다.

사람에게서 느끼는 묘한 이질감. 날마다 숱하게 마주치는 사람들이지만, 이질감으로 저만치 멀어짐을 감지할 때가 종종 온다. 저 사람은 왜 저럴까. 저 남자는 어째서 저런 생각을 했고, 저 여자는 도대체 어떤 마음에서 그런 행동을 했을까. 눈살을 찌푸리는 동안 커져 가는 의문의 몸집에 반하여 줄어 가는 애정의 크기를 틈틈이 지각한다.

그뿐일까. 가까운 사람끼리 모인들 의문감은 여전히 사라지지 않는다. 더없이 절친한 친구의 행동이지만 도무지 이해되지 않는 모습에 언뜻 느껴지던 그와의 괴리감. 틈이 없을 것만 같던 연인 간의 언행 속에서도 선뜻 느껴지는 상대와의 거리감. 피를 나눴기에 모든 걸 이해해 줄 듯한 가족이란 공동체 속에서도, 찾아보면 태생적으로 불가해한 영역들이 한둘이 아니다.

심지어는 내 모습과 내 행동에서조차 스스로가 이해할 수 없는 모습을 발견하곤 한다. 실은 삶의 실체란 그런 인지부조화의 이어짐을 지겹도록 감내해야 하는 게 아닐까 싶을 정도로 말이다. 이따금 누군가를 이해한다고 생각하지만, 그 모든 건 착각이었을 가능성이 높다. 자신만의 한정적인 경험을 토대로 어렴풋이 짐작해 보는 수준일 테니까.

상대를 이해하지 못해서 일어난 갈등은 감정이 부족해서 그런 거라고, 아니면 반대로 이성이 결여되어 그런 거라 여기기도 한다. 허나 모든 건 단지 서로를 잘 몰라 일어나는 현상이다. 누군가와 싸우고 다투고 갈등하는 건, 그 사람에게 정당한 애정감을 지녔기에 가능하다. 하지만 상대의 깊은 내면까지는 제대로 다가서지 못한다. 이해라는 건 끝 모른 채 이어지는 해안선처럼 한 사람의 방대한 사전 지식을 요하기에, 닿기에는 너무나 아스라한 곳이다.

그런 일을 일상적으로 해내야 하는 판사 자격의 선제 조건이 아득한 과정이란 걸 보면, 이해라는 게 얼마나 복잡다단한 고차의 영역인지 문득 알게 된다. 판사는 한 사람의 표상만으로, 한 사건의 단상만으로 판시하진 않는다. 편력과 인생을 모두 샅샅이 펼쳐 본 뒤 오랜 시간을 들여 고민한다. 합당하리라 믿는 공리 지점을 치열하게 찾아낸 후 자신의 신념으로 얼룩진 잉크를 찍어 고된 마침표를 찍는다. 단선적인 면만 볼 수밖에 없는 일반인의 입장에선 이해되지 못할 판결이 잦게 느껴지는 이유이기도 할 테다.

무작정 단어를 외우려 들고 법칙을 암기하려 해본들 일순 잊히고 말았던 기억을 떠올린다. 이해가 동반되지 못한 기억의 한계였으니 응당 당연한 처사다. 반면 단어의 기원인 어원을 파악하고, 방정식이 도출된 증명 과정을 따라가다 보면 한결 이해가 쉬워졌던 경험 또한 혼재한다. 사전 지식을 습득하고 전후 관계를 파악한 덕이다. 하나의 사건을 이해하려면 일련의 순서는 물론, 그 너머로 죽 이어지는 서사를 알아내야 한다. 왜 그럴 수밖에 없었는지, 어째서 그런 행동을 취했는지, 내가 몰랐던 부분에 조금 더 귀를 기울여 보는 일도 다를 것 없다. 조금 전 누군가가 지어 냈던 사소한 행동 한 톨마저 켜켜이 쌓인 과거의 후사로서 드러난 결과일 뿐이다.

예제 문제 몇 개를 완벽히 풀어냈다고 내용의 태반을 이해했다는 착각은 위험한 태도다. 마찬가지로, 한 사람의 흩어진 파편 몇 조각들을 맞춰 본 것만으로도 과반을 이해했다는 화급한 오해는 뒤탈을 일으킨다. 그러니 온전히 이해가 가능할 거란 오만은 살짝 내려놓아야 할 태도다. 한 사람의 내밀한 서막을 듣는다 한들 내면 깊숙이 쌓인 모든 걸 알 순 없다. 사람의 표현으로 형용되는 데엔 뚜렷한 한계가 존재하기 때문이다.

대신에 이해를 내려놓아 생긴 공간을 받아들임의 마음으로써 채워 넣는다. 현실엔 모를 수밖에 없는 항목이 즐비하다. 한 사람도 수십 년간 개인의 역사를 품은 개체인데, 타 개체가 그 전반을 언감히 이해할 순 없을 테다. 다름을 받아들이고 벌어진 차이를 어떻게 대할지 순간순간 고민을 다하는 일. 이해가 될 거란 착각보다는 이해하는 과정에서 상대를 조금 더 알게 되는 걸 감사히 여기고 받아들임을 우선하는 태도. 결국 완전한 이해는 불가능하겠지만, 이해를 위한 노력은 끊임없이 이어져야 하는 것. 이해가 되지 않을 거란 전제를 인지한 채로, 내 방정식에 구태여 대입하며 해석하지 않고 그 자체를 받아들이는 것. 인정의 영역. 그 정도면 각자의 세계를 충분히 잇고도 남을 테다.

의문에 지칠 땐 밤하늘을 올려다보는 것도 다름없다. 매일 바라보던 어두운 배경임에도 그중 95%는 정체를 제대로 알지 못하는 암흑물질과 암흑에너지들이 차지한다. 지금껏 인류가 찾아낸 우주의 비밀은 경탄할 따름이지만, 그저 5%에 불과한 천체들을 발견해 내고 있다며 우주를 전부 이해했다고 착각하는 사람은 전무하다. 많은 것을 안다고 착각하지만, 모름으로 점철되어 살아가는 게 현실이다. 사람들도 각자의 소우주처럼 서로에게 미지의 존재들이라 온전히 이해할 순 없겠으나 그저 받아들인다는 마음으로 그 간격을 메워 나가면 될 일이다. 순수한 면면을 받아들이고 조금씩 더 알아 가는 일. 다른 점을 찾아내고 공통면을 발견하는 일. 전부 이해의 과정이다. 이해는 어느 순간 달성하는 성취가 아니다. 은연중에 차츰 물들어 가는 일이다.

원래 지난한 법이고, 원체 가닿기 힘든 감각이다. 하지만 이해를 포기하는 순간, 쉼 없이 팽창하는 우주처럼 그저 모두가 모두에게서 아득히 멀어져만 갈 테다. 벌어진 거리를 뒤늦게 수습하려 한들 이미 돌아선 거리를 체감하고 멀어지는 마음만을 느낄 뿐이다. 이해의 노력을 멈출 때, 그간 이어 주던 톱니바퀴는 멈추고 만다.

어느새 혼자가 편하거나 홀로 하는 일에 익숙해져 간다는 건, 이해라는 손아귀에 힘을 풀어 버린 대가다. 힘들고 귀찮다고 운동을 포기한 결과로 건강을 잃는 것과 상통한다. 혹 내게 근접한 사람들이 이해가 되지 않는 경우가 많았다면, 그 사람에 대해 무엇을 알고 있나 반추해 볼 필요가 있었다. 어쩌면 많은 걸 모른 채로도, 가깝다는 이유 하나만으로 알려는 노력이 부족한 건 아니었는지 말이다.

9할의 DNA

코로나가 남긴 봉쇄도 해제됐겠다, 그간의 지루함을 타파하려 부랴부랴 떠나는 사람들 뒤꽁무니를 따라 여행이라도 다녀와 본다. 생경함이 주는 기쁨에 잠시간은 몰입되지만, 또다시 돌아올 일상 복귀라는 공허감은 늘 야멸차기만 하다. 언제나 그렇듯 짧은 여행이나 순간의 이벤트가 주는 추억은 일순에 실려 가기 마련이다. 돌아오는 비행기와 떠나가는 한 주의 끝에선 또다시 생각한다. 매일이 여행이나 기념일같이 특별했으면 하고. 나날이 주말마냥 소중했으면 좋으련만, 단시에 지나가 버린 며칠을 기약하며 의무감 깃든 지루한 일상의 틈으로 또다시 파고든다.

　　지루함. 도처에 놓인 이 감각은 한 주라는 짧은 굴레로도 족히 체감된다. 잠시만 방심해도 흐트러진 옷가지와 쌓여 가는 빨랫감, 조금만 방치해도 비워지지 않는 휴지통과 싱크대에, 대충 사 온 음식들로 대강 때우며 흘리는 일상들. 한동안은 격무라는 쉬운 핑곗거리를 대고선, 혹은 번아웃이라는 턱거리를 들먹이면서 또 한 번 화면 속으로 들어가 알고리즘에 스스로를 부유시킨다. 눈 돌릴 새 없이 노력과 과로에 밀어 넣는 사회라는 굴레 탓도 있겠지만 어차피 당장 바뀌지 못할 것들이라며 내실 없는 구실을 내세운다. 그러니 굳게 내뱉어 본 작심은 삼일 만에도 쉽사리 흩어져 버린다. 오늘과 내일은 기나긴 생에서 그닥 중요치 않은, 흔하디흔한 평일의 연장선이라 되뇌면서 일상의 무료함에는 서서히 이골이 난다.

　　태곳적, 빅뱅이란 점에 모든 물질이 밀도 있게 담

겨 있었다. 지금의 우주를 이루는 방대한 물질과 에너지는 오로지 한 점에 놓여 있었다. 자연을 닮은 생명체 또한 그 시초엔 태아라는 형태로 DNA가 한 곳에 점도 가득히 뭉쳐 시작된다. 하지만 태어난 후 발현되어 쓸모를 부여받는 유전 부위는 고작 1할 남짓에 불과하다. 일렬로 펴보면 지구도 450만 바퀴나 감는다는 긴 유전 가닥임에도, DNA 가닥의 나머지 9할은 외형과 재능을 이루는 발현에는 큰 의미가 없다는 게 정설이다. 태반을 차지하는 '나머지'임에도, 학계에서 '정크'란 수식어까지 붙인 이유다.

하지만 정크 DNA에도 역할이 있단 학설 또한 차츰 드러나고 있다. 아직은 미지에 놓여 있지만, 정크 영역 또한 진화와 발현에 주효하게 기여한다는 역설 말이다. 어쩌면 9할이나 차지하는 나머지가 명명 그대로 폐물이란 게 더 이상한 일 아닐까. 무쓸모는 어떤 이의에도 개의치 않고 여전히 우리를 이루는 체내 기반 중 90%를 차지하고 있으니 말이다.

모름과 아님은 다른 차원이다. 몰랐을 땐 쓰레기로 치부했지만, 알고 나선 그 또한 귀중한 한 조각이었음을 인지한다. 일상의 가치도 다를 바 없다. 일상은 늘상 반복되기에 경시받곤 하지만, 일생에 몇 번 오지 않을 이벤트가 즐거워지려면 오히려 일상을 더욱 소중히 애정해야 할 것이다. 지지대처럼 몸을 지탱하는 척추뼈같이, 나의 태반을 받쳐 주는 그 나날을 말이다.

쉼 없이 이어지는 일일에 조금 더 신경 써 줘야 할 이유는 별거 없다. 일 년에 평범한 날은 7할을 차지하니까. 일생에 보통날은 70%나 된다는 말이다. 그렇게 기일과 평일은 상보적으로 서로를 지탱한다. 한쪽으로 쏠려서도 안 되고 수평을 잃어서도 안 되는 관계로서 존재한다. 지루함과 특별함도 균형을 이룬 채 놓여 있다. 어둠이 있어 밝아질 수 있고 어둠도 빛의 존재로서 아늑함을 내세울 수 있듯이 어느 하나가 다른 하나를 온전히 갈음할 수 없다. 그러니 태반을 이루는 나날들을 잘 보내려 다짐하는 건, 남은 기일들이 한층 소중해질 수 있는 간단한 비결이다.

지루함을 견딜 수 있는 데엔 특별한 비법도, 별다른 연유도 없다. 원하는 걸 잠시나마 누리기 위해서 반복과 되먹임을 그저 감내할 뿐이다. 하고 싶지 않은 것도 무념이 해내고 나서야 바라던 한 조각이 주어지는 듯한 게 야속하게도 어른의 자격일까 싶지만, 원래도 1할 남짓한 소량을 위해 열 배의 몸집으로서 존재하는 유전체라기에 진리마냥 순순히 받아들여 본다. 그러니 차오르는 공허감과 무료함, 지루함과 나태함을 되레 의연하게 대처해 본다. 나이테가 새겨지는 데엔 쉼이 없다는 걸, 지금도 그려지고 있단 걸 기억한다.

일상이 버티는 일인지, 아니면 살아 내는 일인지는 여기서 갈리지 않을까. 일일의 반복이 주는 의미를 느낄 수 있는가의 차이. 당연한 지루함을 인정하되, 당연시하진 않는 자세. 줄거리 없이 단어만 나열된 사전은 재미가 없는

게 당연지사다. 서사가 없기 때문이다. 하지만 캘린더에 박제하여 기릴 만한 날은 당연하게도 평일이 지은 토대가 필요하다. 삶에 다채로운 서사를 채우는 건 초석이 되는 일상들이다. 가쁜 하루 중 잠시라도 겨를을 내어 하루의 할당량을 채우고, 책장을 열어 기록을 남기며 미래를 그리는 사람들. 당장엔 알 순 없지만 언젠간 밝혀질 9할의 DNA처럼, 그건 기나긴 무쓸모에 또 하나의 쓸모를 넣어 줄 서사일 테다.

결과로 말하는 세상이지만

　　　　세상 뭐든 내 마음대로 안 되는 건 자명한 일이지만, 실패의 순간은 여느 때나 익숙해지지 않는다. 사사로운 실패 한 번 한 번이 이따금 쓰나미처럼 크게 다가오기도 한다. 다년간 준비한 시험에 죽을 쑤기도 하는가 하면 야심차게 지원한 선망의 직장에서 야멸차게 낙방하기도 한다. 요동치는 심장을 부여잡고 다가섰다 거절당한 기억이나 급하게 탄 택시가 원하는 방향으로 가지도 않는 사소한 좌절까지도. 지금껏 그랬고 아마 앞으로도 평생 가까워지지 못할 감각. 크고 작은 낙망의 순간이 매번 다른 모습으로 내

미래의 일부와 함께하리란 건, 그닥 내키지 않아도 부정할 수 없는 사실이다.

　　다 때가 있고 연이 있단다. 운과 명이 합일되는 게 생에 몇 가지 정해져 있단다. 그러니 늘상 기다려 보라는 답변만이 되돌아온다. 허나 결과가 모든 걸 대변하는데, 실패의 순간마다 어떻게 무념할 수 있을까. 과정은 생략되고 남는 건 오로지 가시적인 흔적들인데. 명함, 직책, 신분, 지위, 계급, 성적, 그리고 결과. 사람의 색채를 지우고 공산품처럼 번호를 매기는 것들. 인생 절반 이상을 좇으며 살아왔고 여생 반절은 또다시 뒤쫓아야 할 것들. 그런 환경에서 배우고 듣고 자라 왔으니 실패 한 번 한 번이 너무나도 크게 다가오는 건 어쩌면 당연지사일 테다. 웃사람의 뻔한 위로에 언제나 가시 돋친 반항심을 갖게 되는 것 또한 가당한 일이다. 지나면 다 알게 된다지만, 알게 된들 다시 돌아갈 수도 없는 노릇이고 당장의 아픔이 사라지는 것도 아니니까. 근소한 차이로 떨어진 시험 결과는 수년 전의 일임에도 여전히 목전에 아른거리며 현생에 영향을 미치는데 말이다.

조금만 살아 봐도 쉽게 알아차린다. 생에 거쳐 간 곳은 '무슨 출신'이라는 꼬리표로 뒤꽁무니를 평생 따라다 닌단 걸. 선택 하나하나에 두려움이 가득한 이유도 다름없 다. 혹여나 섣부른 판단으로 실패라는 낙인이 생길까, 아 니면 낙오라는 외투로 인해 내면의 가치가 묵살당하고 절 하될까 봐. 선택을 통해 남겨진 멍에는 온몸 구석구석 보 이지 않는 곳에 들러붙어 떨어지려 하지 않는다. 탄생 국가 와 출생 지역에 출신 족벌까지, 하물며 선택이 불가한 곳마 저 흔적이 남는다. 지위재가 모든 논리를 압도하는데 불확 실한 미래 대신 안정적인 현재를 갈구하는 사람들을 쉽사 리 탓할 수 있을까. 한두 번의 미끄러짐으로도 앞으로의 여 생이 결정될 거라는 동조압력은 어느새 하나의 문화로 자 리매김했다.

이렇듯 결과로 말하는 세상이니까 그간의 패사敗

事가 더욱 쓰라리다. 결과로 대변되는 세상이라기에, 실패와 좌절의 기억들은 지난 과거 곳곳에 남아 앞으로 나아가기를 주저하게 만든다. 실패라는 음습한 저항이 옷에 튄 오물마냥 더럿 묻어 부정의 감정을 재생산한다. 두려움이나 불안, 혹은 절망과 좌절. 앞을 나아가려고 하면 부정의 감정이 즉시 상기되어 발걸음을 붙잡는다. 허나 그런 과정이 축적되면서 몸은 저항적 요소들에 일면 적응되어 가는 중이다. 저항 없는 회로는 브레이크가 고장 난 자동차의 맹목적인 질주를 닮는다. 저항이 빚는 반작용에 발이 걸려 넘어지기도 했지만, 숨을 고르고 다시 나아가게 한 동력 또한 그곳에서 나오는 법이다. 흐름을 방해하는 동시에 조력하는 모순적인 힘. 일량의 저항은 흘러가는 전류에게 필수적인 존재이기도 하다.

실패는 성공의 어머니라는 소리, 지나간 건 다 자산이 된다는 얘기, 또는 외투만 달리 입은 채 고민 없이 건네어 가닿지 못한 어설픈 낱말들. 우리는 이미 알고 있다.

앞서 만치 단상 위에 올라선 자가 아래를 내려다보며 건네는 위로의 얇은 부피감을. 혹은 숙려가 결여된 채 흩날려진 격려의 얕은 밀도감을. 힘내라는 말이 빛바래는 이유 또한 같은 선에 놓이는 게 아닐까. 허울 좋은 그 말에는 내면의 저항을 보듬는 힘이 없다. 울림은 저항적 요소를 인정하고 실패의 역사를 존중할 때 비로소 담긴다. 전락과 하락이 앞날을 더욱 단단하게 할 것이란 의미를 내포할 때야 발한다. 여물지 못한 수사어의 반복보다 깊이 있는 한마디가 있다. 그럼에도 불구하고 살아 낸 사람들은, 그제서야 조심스럽고 어렵사리 운을 떼는 법이다.

많이 긁히고 짓눌린 자리엔 굳은살이 남는다. 사람마다 굳은살의 모양도 위치도 크기도 깊이도 제각기 다르다. 그럼에도 굳은살의 존재는 평등하다. 굳은살이 부재한 사람은 전무하다. 행복해 보여도 불운하고, 불행해 보여도 다복한 게 사람들의 진면이다. 저마다의 결여나 결핍을 안고 살아가기에 절대 채워지지 않는 공동空洞이 한 켠에 자리한다. 그럼에도 살아가는 사람들이다. 지워 내고 씻어 낼 수 없는 흉터투성이일지라도, 상흔으로 내밀해진다는 사실을 아는 사연 많은 사람들. 상처 많고 상반 짙은 사람에 끌리는 이유 또한 그곳에서 비롯된다. 그럼에도 살아 낸, 그들의 심지 굳은 저항을 믿으니까. 그곳에서 서로의 나약함을 보듬고 단단해진 현재를 인정해 주니까. 결과로 말하는 세상이지만, 겉면이 모든 걸 대변하는 세상이지만, 저항 가득한 사람의 끌림은 여전히 가볍지 않다. 실패라는 저항적 요소가 삶의 역사 곳곳에 박혀 있단 건 아픈 만큼 굳은살이 짙어진다는 방증이다.

뒤통수에 담긴 표정을 살핀다. 저항이 다분한 사람들은 후면에서도 결연한 의지가 드러난다. 뚜렷한 의지로 살아가는 이의 안광을 숨길 수 없듯이, 살아온 내력이 지어낸 굳은살마냥 각인된 인광이 뒷모습에서도 드러난다. 굳은살은 감내의 흔적이니까. 고통과 통증을 전신으로 내뿜하며 얻어 내는 훈장이다. 굳어지고 다져지며 그 자리의 통각은 무뎌져 간다. 삶의 단계에서 드리우는 적량의 저항적인 요소들은 그 재료이자 원료가 되어 준다. 저항 없이 순탄하기만 한 삶이 정말 충만할까. 냉수 위에 얹은 버들잎을 보고 방해물라고 할 수 있을까. 모든 과정을 무탈하게 통과한 소수의 우월자를 초인이라 하지 않는다. 저항에도 나아가는 자를, 그럼에도 지속하는 이를 우리는 비로소 초인으로 받아들인다.

근간 일어났던 대소경중한 낙심의 순간들을 돌아본다. 조금 더 멀리, 낙담의 기억들을 떠올린다. 실패의 물성은 그저 음산하기만 한 건 아니었다. 그때마다 망연했지만, 그럼에도 분명한 절망은 없었으니 말이다. 곳곳에 상처가 아물어 남겨진 굳은 살갗들이 증거가 되어 준다. 그렇게 스스로 서사와 편력을 가꾸어 나간다. 타자에겐 보잘것없는 실패의 열거들이 내 생에선 나의 존재를 지탱해 주는 소중한 것들로 자리한다. 여느 누구도 관심 주지 않지만 나에겐 더없는 사연과 내력들이니까. 전기電氣를 흐르게 하는 회로 속 저항처럼, 전기傳記를 써 내려가게 하는 촉매가 되어 준다. 결과로 말하는 세상이기에, 난삽한 단어와 비문을 찾아내듯 그간 인지하던 저항의 존재를 다시 이해해 볼 필요도 있는 법이다.

결함의 쓸모

결함 덩어리, 혹은 결점 투성이. 조금은 비관적인 성격 탓에, 내게 부여된 장점보다는 결점을 찾아내는 일에 익숙한 편이었다. 그리고 때론 거기에 깊게 빠져 한동안 침잠되기도 한다. 왜 이렇게 부족한 점이 많을까 하며. 실수가 반복되던 날엔 누가 뭐라고 하지 않았음에도 스스로를 하자가 붙은 불량품이 아닐까 하고 책망한다. 누구에게나 결함은 있다지만, 자신을 돌아보면 돌아볼수록 내게 붙은 결함 자국은 자꾸만 나를 작아지게 만들었다.

유전적 결함, 외적 결함과 내적 결함. 왜 다들 결함부터 찾아내는지 싶었다. 하자가 필연적인 중고차를 살피듯 만나면 결함부터 체크한다. 미달된 건 없나 하거나, 나보다 못한 건 어디 없나 하면서. 겉으론 웃으며 속으론 끝없이 평한다. 저울질의 연속인 세태에서 덩달아 평균점에서 내려가지 않으려 버텼다. 성격이든 외모든, 능력이든 가진 것이든 뭐든 결손을 감추고 결흠을 덜어 내고 싶었다. 애당초 불가한 미련임에도 항시 그랬다. 결점이 보이면 왠지 절하당할까 봐 황급히 숨기고, 결핍이 드러나면 혹시라도 실망할까 봐 가쁘게 덮었다.

그런데 그렇게 보여진 내 모습을 정작 나라고 할 수 있을까. 애초에 그 모든 전부를 내 마음대로 꾸밀 수도 없는 법인데. 화장으로 어떻게든 부스럼을 가려내도 깨끗한 물 앞에선 결국 모조리 드러날 자국인 건데. 그럴 때 해야 할 일은 억지로 감추거나 강압적인 노력이 아니었다. 보다는 결함들을 제대로 이해하고 사용할 수만 있다면, 결함이었던 파편들이 도리어 나를 일궈 주는 결정이 되어 줄 수도 있음을 알았던 순간이 있다.

비관에서 벗어나는 방법엔 두 가지가 있다. 애초부터 비관 자체를 하지 않거나, 얼마간 스며든 비관을 인정하고 받아들이는 일. 첫 번째보다는 할 만한 두 번째 방법이다. 지고지순한 덩어리보다 이것저것 불순물이 섞인 게 훨씬 단단한 법이다. 단일한 순철에 여러 성분을 넣어 강철을 만드는 것도 다를 바 없다. 섞여 들어간 소량의 불순물 덕에 여리던 처음 상태에서 갈라지고 깨어지는 정도를 한껏 낮춰 준다. 그렇게 강도를 올려 나간다. 순일한 순금이 값지고 반짝거린다지만, 이것저것 불순물이 섞인 합금에 비하면 한없이 무르고 약하기만 하다.

내게 묻은 얼룩들을 마저 살폈다. 조금 부족하니까 더욱 섬세해질 수 있던 점도 분명 존재했다. 소심하고 조심스러운 성격 덕에 말을 수려하게 하진 못하지만, 대신 귀를 열고 말을 아끼며 혹여나 실수하진 않을까 돌아볼 수 있었다. 위로나 칭찬을 쉽게 건네진 못하지만, 섣불리 꺼낸 말에 진심이 바래지 않을까 한마디를 아끼며 상처를 덜 수 있었다. 눈앞에 주어진 걸 재빨리 해결해 내진 못하지만, 허술하지 않도록 꼼꼼히 챙겨 낼 수는 있었다. 풍족하게 지내 온 편은 아니었지만, 돈 관리를 자연스레 체득하며 절약하는 방법에 자신이 있었다. 결함 때문에 순탄치는 않았지만, 덕분에 성장할 요소 또한 다분했다.

애써 고개를 돌려 봐도 또다시 눈에 들곤 하는 자국들. 어떻게든 털어 내고 싶어도 그러지 못하는 경우가 잇따랐기에, 결함은 정말 탈탈 털어 내야만 하는 거냐며 애써 합리화를 시킨 적도 숱했다. 쉽게 털어지면 결함이 아닌 먼지 한 톨일 테니까. 허나 그런 결함이라면 이젠 있어도 될 것 같다. 오히려 어느 정도는 있어야 할 때도 있는 법이다. 굳이 두려워 배척할 존재라기보단 잘 이용해 내야 할 것들. 결국엔 얼마간 지니고 함께 가야 할 것들이다. 잘 조합해 내고 녹여 내면 되는 일이니 부끄러워 하진 않는다. 부끄러운 일은 그게 아니었다. 오히려 결함이 있더라도 없는 척하며 살아갈 때 부끄럼은 더욱 드러나기만 하니까.

뭐든 처음부터 잘난 사람보단 다단히 극복하는 사람이 빛난다. 여타 시작부터 잘 해내는 사람보단 끈기를 놓지 않는 사람이 여운을 남긴다. 여느 스포츠 경기든 엉성했던 언더독의 반란이 더욱 울림 있는 이유다. 그러니 태초부터 단단한 사람이 되진 못했지만, 그다지 부러워하지 않는다. 딱히 애태우지도 않는다. 결점이 많은 사람인 걸 아니까 이제는 결점을 먼저 보듬는다. 한없이 약점이기만 할 줄 알았지만, 되려 극복해 나가며 단단히 결속시켜 줄 결함을 애정해 본다. 결함의 쓸모를 믿는다. 결함이 있기에, 역전할 기회도 충만한 법이다.

상실의 기쁨

살다 보면 느닷없이 벼락에 맞기도 한다. 믿었던 사람이나 집단에게서 받은 배신의 아픔, 조그마한 증세도 없다가 돌연 찾아온 몹쓸 병, 가깝던 사람이 한날 망연히 떠나 버려 생긴 기일, 천재지변에 일평생 쌓아 오던 것들이 일순 눈앞에서 소천해 버린 날. 혹은 당장 해야 할 사사로운 계획조차도 뜻대로 안 될 때, 언제나처럼 그대로이던 세상일 테지만 괜스레 원망스러워지는 순간들이 있다. 누군가에겐 사소한 일이기도 하고 다른 이에겐 별거 아닐 수 있는 일들이지만, 내게는 커다랗고 나의 작은 세상 속에선 태반을 차지하는 사건들이 있다. 나만이 느낄 수 있고 내게만 와닿는 순간들이 있다. 시간의 상대성 존재마따나 상대성은 사건에게도 분명히 존재했다.

길지 않은 기간에서도 다난했던 기억들이 꽤나 가득하다. 어떤 것들은 스스로가 초래하기도 했지만, 다른 부분은 내 의지와는 관계없이 외부의 상황이 멋대로 가져오기도 했다. 그렇게 겪은 다사로운 경험들은 어쩔 땐 두근거림의 추억을 주기도 했지만, 반대급부로 아린 순간 또한 종종 건넸다. 아픈 기억이 자상을 더욱 움푹 남기는 법이라더니 쌓여 오는 동안 고단하고 억울했던 기억들이 잦게 떠올랐다. 가끔은 남 못 할 걱정거리들을 겪으며 '내게만 왜 이런 일이', '내가 왜 이런 일을 겪어야 하나'라고 근시안적으로 되뇌던 치기 어린 시기도 있었다.

근시안, 대한민국 청소년 9할은 겪는다는 증상. 당장 눈앞의 문제와 현상에만 몰두한 나머지 멀리 보지 못하는 어린 사람들. 어린 사람이 크면 어른 사람이 되어 간다. 그렇게 그저 어른이 되었다고 안심하지만, 어린 시절부터 길러 온 근시안은 물리적 어른이 되어서도 쭉 이어져 올 뿐이었다. 그중 한 사람으로서, 나 또한 별다른 기제 없이 세상을 가깝게만 바라보았다. 일거에 모든 걸 이루려고도 하지 않았고 일사에 쉽사리 희비가 갈리도록 놔두지 않았음에도, 지나고 나면 웬만한 건 근접하게 바라보곤 했다. 근시적 습관 때문이었을까, 결국 내 세상 속 급작스럽게 찾아온 '작은 사건'들에도 여전히 고개를 숙이곤 했다. 고개를 숙이니 시야에 드는 건 땅밖에 없었는데도 말이다.

땅이 아니라 저 멀리 보았다면 어땠을까. 상실의 일련 중에서도 하늘과 먼 산에 눈길을 돌렸다면 어떠했을까. 그런 순간에도 여전히 하늘은 파랗고 바람은 불어왔다. 개의치 않고 햇살은 내렸고 물살은 잔잔했다. 때로는 흐릿한 하늘과 세찬 바람이 일었지만, 그마저도 평등했다. 차등 없고 차별 없이 내어주고 있는 건 사위에 충만했다. 삿된 감정과 사적 상황은 작디작은 나의 세상을 벗어나면 아무 일도 일어나지 않는 것과 진배없었다. 그러니 사사건건이 매몰되어 있을 것도 하나 없었다. 여전히 주변엔 누릴 수 있는 것들이 가득했으니까. 상실에 있어서 '나만' 같은 형용은 아무런 의미도, 가치도 없다. 동일한 현상임에도 보려고 하지 않는 사람에겐 보이지 않는 법이다.

지내다 보면 참 다사롭고 다난할 때도 잦다. 어린 티를 조금은 벗어났나 싶었지만, 이제는 어느새 30대에 다가섰지만, 그럼에도 여전히 사춘기라는 소용돌이 속 한가운데에 있는 듯했다. 상실이 왜 기쁨이 되고, 아픔은 어째서 나를 단단히 영글어 주는지 몰랐으니까. 감각적으로만 어렴풋 짐작했지, 경험적으로 온전히 와닿지 못했으니까. 그저 받아들이기 힘든 어린 존재였으니까. 하지만 상실 속에서 기쁨을 찾아낼 때, 그제야 나를 붙잡던 사춘기에서 한 걸음 벗어날 수 있었다.

당시는 너무 벅차기도 하고 때로는 무너지는 마음도 들지만, 그 또한 다 지나가고 만다. 모든 건 지나고 나면 참 별거 없으니까 돌아보면 우습게도 큰일도 아니다. 힘들고 쓰러질 것 같을 때는 숨을 크게 들이켜 보면 될 일이다. 살아 있음을 느끼는 행동 말이다. 이제껏 잘 이겨내 왔고 버텨 왔으며 살아온 것이니 내쉴 수 있는 지금의 숨. 숨 쉼의 존재를 속 깊이 느끼고 나면 무던히 가라앉을 것들이다.

설령 한숨이 나온다 한들, 한 번 더 내뱉어 두 숨으로 만들어 버리면 될 일이다. 벅차고 버거워하는 자신의 모습을 보며 스스로가 한없이 유약하다고 느껴지기도 한다. 하지만 그 또한 결국 살아 있으니 느껴지는 감정들이다. 죽이지는 못할 고통들. 그러니 앞으로도 또다시 찾아오겠지만, 이제껏 그랬듯 여전히 살아가면 될 일이다. 그만큼 더 여물어지고 내밀히 쌓여 가고 있다는 증거이자 성장의 방증이니까. 남은 날 동안에도 상실감은 어떤 형태로든 다변히 다가오겠지만, 그 존재를 인정하는 순간 숨어 있던

기쁨 또한 모습을 드러낼 테다. 그토록 찾으려 애쓰던 감
각 말이다.

02

절대온도의 시선

툭하면 부정적인 감상을 담는 사람이 있다. 걸핏하면 만사에 회의적인 시선을 담는 부류가 있다. 세상엔 다양한 관점이 있고 저마다 존중받아 마땅하다지만, 그러한 태도들을 옆에 두고 있자면 드라이아이스의 새하얀 연기가 온 사위로 퍼지듯 태도가 내뿜는 냉기가 주변으로 퍼져 온다. 다가오는 차가운 단상을 완곡히 거부해 본들, 비관에는 끈질긴 전염성이 있기에 어느새 그를 따라 매사를 체념적으로 바라보게 되는 자신을 발견하곤 한다. 분위기에 쉽게 주눅들던 내게는 그런 외부 압력이 결코 가볍지 않았다.

한편에는 온정의 해석을 담아내는 사람이 공존한다. 같은 모습, 동일한 현상, 비슷한 상황을 대면해도 도리어 다감한 단상을 견지하는 부류. 혹자가 낮은 기준으로 세상을 바라볼 때, 스스로의 온도를 유지하며 자신의 온감을 지켜 내는 이들이다. 그렇게 지켜 낸 영상零上의 온도로 주변을 다시 덥히고 데워 내어 얼어붙은 시선에도 입김을 불어넣어 주곤 한다. 자체로 열원이 되어 열감을 자아낼 줄 아는, 기준을 달리하는 자들이 있다.

　　　모든 항목엔 기준이 있다. 기준은 가늠을 위한 도구다. 현 상태가 어느 정도인지, 얼마나 진행됐는지 알기 쉽게 해 주는 수단. 기준에 따라 그에 맞는 단위가 더러 존재한다. 단위가 정한 수치에 맞춰 현상은 정량적으로 계산된다. 길이는 미터나 인치로, 넓이는 제곱미터나 에이커 또는 헥타르로, 압력은 파스칼 혹은 기압 등으로. 편의에 따라, 아니면 기호에 따라, 그도 아니면 관점과 가치관에 따라 기존에 정해진 측정법조차 제각기 다른 기준으로 쓰이곤 한다.

　기준을 따르는 건 온도도 매한가지다. 낯익은 섭씨부터 서부권에 녹아든 화씨, 과거 한때나마 쓰였던 열씨와 절대온도라는 잣대까지. 펼쳐 보면 여느 기준치처럼 꽤나 다양하다. 어떤 잣대를 드리우냐에 따라 '체감온도' 또한 함께 만변한다. 섭씨(℃)로 주어진 수치에 1.8만큼을 곱하고 32의 숫자를 더해 도출하는 화씨는 같은 기온일지라도 왠지 높은 온도로 다가오듯 말이다. 그리고 가장 낮은 온도가 0에서 시작되는 절대온도에서는 음의 부호가 사라진다. 시작점이 0인 곳, 영하가 사라진 절대온도의 틀에선 마이너스가 자리할 틈이 성립되지 않는다. 같은 온도일지라도, 그에 따른 기준을 달리하는 것만으로도 음의 영역을 선뜻 지워 낼 수 있다는 뜻이다.

　바라본 대로 보이는 법이다. 뭐든 그랬고, 여타 어느 것도 그렇다. 물 잔에 담긴 물의 양을 절반'이나'로, 혹은 반절'밖에'로 판별하는 건 개인의 몫임을 누구나 알고 있다. 바깥 기온이 어떤 이에겐 쌀쌀하지만, 또 다른 자에겐 선선하고 산뜻한 공기이기도 하다. 절대온도마냥 영하가 사라진 공간에는 음陰도, 마이너스도, 부정도 끼어들지 못한다. 기준점을 높여야 할 이유도 다름없다. 같은 것을 다르게 보는 일. 차가움을 걷어 내고 묻혀 있던 온열감에 손을 짚어 보기. 차가움을 걷어 낼 수 있도록, 같은 걸 지켜보는 시선들 속에서도 기어이 부정이 사라진 시선을 지니려 애쓴다. 절대온도가 만연한 세상엔 부정이 들어올 틈새가 없으니 말이다.

차갑던 사람들의 시선 또한 따뜻함으로 족히 데워질 수 있다. 열이란 자고로 끝없는 평형을 추구하는 속성을 지니기에, 그저 법칙을 따르면 될 일이다. 아이스아메리카노 속의 얼음이 녹아 점차 상온으로 향하고, 뜨겁던 찻잔 속에서 피어나던 김 또한 서서히 주변 공기의 온도로 맞춰진다. 냉탕에 들어가면 체온이 그에 맞춰 낮아지고 온탕에 입욕하면 몸이 덩달아 달아올라도 결국엔 제자리로 돌아오는 것처럼, 온랭의 향방은 늘 가운데로 향한다. 고열에서 상온으로, 또는 저온에서 평온으로 합류한다. 한사코 멈춰있지 않는다.

툭하면 부정적인 감상을 담는 사람, 한동안은 그에 속해 지내기도 했다. 때문에 이따금 냉소에 물들어 가던 시간이었지만, 그럼에도 온기를 담아 손에 쥐어 주던 사람이 분명 있었다. 맞닿은 손으로부터 공유되는 따뜻함을 느껴 본 후엔, 이제는 따라서 긍정적인 시선을 묻힐 줄 아는 사람이 되어 본다. 절대온도로 바라본 세상엔 영하가 없으니까, 가장 낮은 온도가 0일 뿐이니 말이다. 기준이란 명확히 해두면 둘수록 나를 지키는 방파제가 되어 준다.

절대온도의 색안경을 쓴다. 인지가 현상을 좌우하고, 인식은 세상을 결정한다. 차가움과 뜨거움, 시원함과 따뜻함, 한기와 온기를 가르는 수식어들은 모두 해석에서

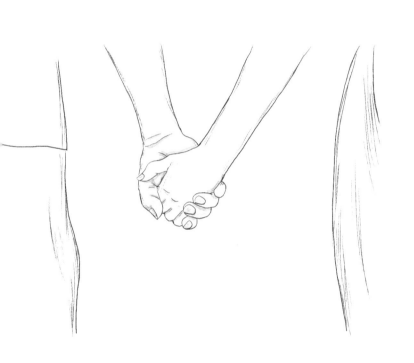

비롯된다. 범사를 비정으로 담아내던 시선 반대편엔 온기로 대상을 담아내는 시선들이 동존해 왔다. 찬기 건너편에서 반드시 공존하던 온열이다. 단위가 여럿 존재한다는 건 변환도 얼마든 가능하단 의미다. 같은 값이라도 단위가 주는 감각에 주관적으로 반응하기에, 일상에서도 단위 변환을 체화해 보는 이유다. 절대온도의 시선이 담긴 긍정적 편향, 차별적인 시선은 되레 건강한 편견이 되어 주리라 믿는다.

북두칠성

아닌 밤중에 우두커니 멈추어 고개를 들어 본 건 길을 찾기 위해서였다. 올렸던 고개로 별들이 시야에 들었고, 이내 눈으로 국자 모양 큰곰자리를 찾아 잇는다. 눈대중에 맞춰 북쪽이 될 만한 골목을 가늠한다. 어느 정도 확신이 들고 난 후엔 발을 돌려 내디뎌 본다. 마음을 맡긴 채로 그렇게 한참을 걸으니 익숙한 동네가 나타난다. 몇 번을 헤집고 헤맨 끝에 도착한 곳, 원하던 방향이었다. 낯선 어느 동네에서 선인들의 선험적 지혜를 흉내 내어 본다.

예전엔 하늘을 보고 길을 찾았다. 한낮에는 절기에 따라 달라지는 태양을 따랐고, 한밤에는 계절에 따라 변하는 달그림자에 의지하면서 걸어 나갔다. 해 질 녘의 어스름에는 해가 저무는 곳을 활용하고, 사방이 컴컴할 땐 북두칠성을 따라 방향을 가늠하며 길눈을 밝혔다. 길을 찾는 예스러운 방법은 이렇게나 다변했고 다채로웠다. 길 찾기란 원래 끝없이 더듬으며 한 발씩 짚어 가던 일이었다.

시간이 흘러 모두의 주머니 속엔 지도가 하나씩 들어찼다. 지금의 지도는 옛 지도와는 반대로 일말의 어긋남조차 근소하다. 위성이 쉴 새 없이 탐지한 정보와 기계가 고민 없이 내린 결정으로 인해 무엇보다 적확하며 어떤 길보다 신속하다. 그저 신속하기만 할까. 실시간으로 경로를 바꿔 주기도 하고 어느 길이 쾌적한지 상태까지 알려 준다. 나아갈 길을 끝없이 정해 주던 지도를 따라 언제나 최적의 경로만을 뒤쫓는다. 자고로 길이란 '빠른 길'이 진리였으니, 선택을 대신해 주던 그 길은 현시대엔 온당 맞는 길이었다.

그래서였을까, 가장 빠른 길을 알고 있음에도 제 자신의 위치는 늘 가늠이 안 되었다. 최단 거리의 경로를 안내받음에도 정작 당장 나아가야 할 길에 한사코 확신이 들지 않던 건 우연이 아니었다. 노상 이끌리고 따르는 편이 수월하고 익숙했으니 말이다. 헤매는 순간이면 고개 숙여 작은 화면을 주시할 게 아니라 도리어 한 번씩 고개를 들어 검던 천정을 바라보기도 해야 했음에도, 그걸 몰라서 혼자서의 여정이 건네던 두려움을 여태껏 걷잡을 수 없었나 싶었다.

길을 못 찾겠다면 북두칠성의 일곱 점을 찾아본다. 별이 가려진 흐린 날이면 달을 따르면 되고, 달마저 사라진 순간이면 북녘을 향한 높다란 건물을 찾으면 될 일이다. 나아갈 길의 향배는 고개를 들어야 더 잘 보이는 법이다. 눈앞의 경로는 스스로 개척해 나가야 할 방정식임에도, 여느 때나 기계가 대신 풀어 주었으니 우리의 눈길은 그렇게나 어두울 수밖에 없었다. 안 보이니 불안하고, 불안하니

두려웠던 것이고. 어느새 지도 없인 사방을 짐작하지 못하는, 내비게이션이 없다면 운전조차 못하는 시대가 되었다. 빛 좋은 개살구마냥 최적의 경로를 알아도 고유한 진로는 못 찾는 디지털 맹인으로 전락한 사람들이다.

햇갈릴 때면 어느새 작은 화면에만 의지하고만 있었다. 저궤도 위성에서 좌표계 속 내 위치를 끝없이 상기시켜 주며 방향타를 대신 쥐던 조그만 화면. 그토록 빠른 지도를 대체할 순 없다. 그럼에도 낯선 동네 속에서 지도를 켜지 않았던 건, 조금의 늦어짐을 구태여 누리기 위해서였다. 가끔은 억지로라도 옛사람처럼 달의 위치를 관찰해 보고, 별자리를 인지하기 위해서. 넘어지고 무릎이 까지면서도 결국엔 스스로 중심을 잡았던 자전거의 기억처럼, 비틀대더라도 혼자서 길을 찾는 연습을 하려고 말이다.

길을 찾는 법은 분명 한 가지가 아니었다.

시선 너머에 보이는 것들

시선을 돌리지 않는 상태에서 두 눈으로 볼 수 있는 최대 각도는 위아래로 약 140°, 양옆으로는 대략 200°. 그 와중에 시력이 오로지 집중되어 초점이 맺히는 부분은 불과 35°가량. 1인칭의 시야각은 이렇게나 좁디좁다. 뒤는 커녕 좌우마저 안 보이는 영역으로 차고 넘친다. 고개를 들지 않는 한 머리 위에 새가 날아가는지 구름이 떠다니는지 모르는 법이고, 눈길을 아래로 떨어뜨리지 않으면 발치에 돌멩이가 치이는지 개미가 지나가는지 전혀 알 길 없다.

얄따란 시선 덕에 색다른 일들을 겪게 된다. 한동 안 길을 걷다 뒤를 돌아보면, 지나온 곳임에도 또 다른 장면이 펼쳐지던 일. 설령 동일한 장소를 똑같은 방향으로 바라보아도 밤낮에 따라 달라지는 명암과 날씨에 따라 변하는 광량 차이가 만드는 판이함. 비슷한 여건일지언정 지긋이 오래 바라보는 풍경과 잠깐 스치듯 눈에 담은 풍광이 주는 간극. 모든 조건이 같음에도 한 번 와 본 곳은 기시감과 익숙함을, 처음 본 장소는 미시감과 생경함을 느끼게 한다.

시선이란 이렇게 좁은 나머지 늘 궤를 달리한다. 그러니 이따금 서로 간 다투고 싸울 수밖에 없던 이유 또한 실은 당연한 건지도 모르겠다. 내가 본 같은 광경조차 조망한 시간과 조건에 따라 숱하게 달리 느껴지는 법이었으니까. 이를 인지하다 보면 실생활에 마주하던 여느 갈등을 더욱 수월하게 대처할 수 있게 된다. 이견이란 틀림이 아닌 다른 시각에서 온 결론임을 알 수 있기 때문이다. 정답과 오답의 양 갈래가 아닌, 다양한 시선의 한 가지일 뿐임을 말이다.

시선 너머에 보이는 것들이 있다. 시선을 넘어야 알게 되는 것들이 있다. 취향 차이와 경험의 격차에서 발생하는 갈라짐은 이성으로 이해하기 어렵다. 직관을 따르지 않기 때문이다. 그러니 자꾸만 반복해서 거부해야 한다. 1인칭의 속임수에 빠지지 않기 위함이다. 달콤한 주관의 속삭임은 편견을 씌우고 선입견을 쌓는다. 이해를 배격하는 것들이다. 눈을 뜬 매 순간 느낄 수 있다. 두 눈에 드는 영역은 아주 일부에 불과하단 걸. 조감도나 전지적 시점을 빌릴 수 없기에, 우리는 늘 시선의 굴레에 속박된다.

내가 두 발로 딛고 있던 곳의 풍경을 제대로 보기 위해선, 반대편으로 건너가 보는 방법만이 유일하다. 그러니 나중에라도 건너편으로 넘어가 보려 한다. 시간이 걸려도 한 번은 닿아 보려 한다. 그러다 보면 내가 서 있던 곳이 아닌, 저편에서만 느낄 수 있던 감각이 어렴풋 이해가 되기도 한다. 다음은 그때의 갈등을 짚어 본다. 그리고 나와 상대의 행동가지들을 탐구한다. 달랐던 시선을 차례로 잇고선 멀리 떨어져 있던 두 사람 사이에 다리를 차분히 놓아 본다. 결국엔 서로가 닿기 위해서 하는 일. 품이 드는 일이나, 나를 위해 필요한 일이기도 하다.

한곳에 함께 있음에도 두 사람의 등이 맞대어진다면 둘은 전혀 다른 모습을 바라보게 된다. 같은 곳을 본다한들 미묘한 시신경과 시세포 농도의 차이에 따라 타고난 감지 능력마저 다를 테다. 이런 조건에서 이해라는 건 애당초 유리천장 같은 무형의 뚜렷한 한계를 품고, 어쩌면 완벽한 공감이 존재하는지도 의문 들게 한다.

대신 존중으로서 부족한 부분을 메워 본다. 반대쪽으로 건너도 가 보고, 뒤돌아서 못 보던 국면을 대면하는 일 말이다. 그렇게 상대를 존중할 때, 따라서 내가 존중

받을 때 이어서 우리의 대화는 보다 한결 우아해질 수 있
다. 좁디좁은 1인칭의 한계를 넘으면, 가일층 잘 보이는 것
들이 분명히도 있었다.

끼리끼리 녹아든다지만

　　사람은 편향적으로 모인다. 숱한 뭉쳐짐과 흩어짐을 반복하고 난 뒤 주변을 살펴보면, 마음이 기우는 소수는 보통 나와 결이 비슷한 사람들로 이루어져 있다. 추억을 공유하며 형성한 '우리'라는 집단은 대개 소속원의 생각이 유사한 집합이다. 서로의 지향점이 크게 어긋나지 않으면서 휴식을 취하는 방향성도 딱히 다르지 않다. 살아오며 자연스레 상호 선택된 무리 속에서 각자는 편안함을 느낀다. 그 속에선 안 맞음을 타파하려 굳이 애쓰지 않아도 되며, 어색함을 깨려고 억지로 노력을 들이지 않아도 괜찮다.

갈수록 끼리끼리의 빈도가 늘어날 수밖에 없는 까닭은 물과 기름만 있어도 족히 알 수 있는 사실이다. 압력을 강하게 주어 누르고 뒤섞으면 얼마간 혼합되겠지만, 시간이 지나면 두 물질의 경계가 점차 드러난다. 나중엔 아예 층으로 이분된다. 어울릴 수 있고 녹아들 수 있는 성질, '극성'이 다른 탓이다. 지속적인 외부 힘이 섞어 주지 않는다면 결국엔 갈라질 사이란 뜻이다. 극성인 물과 무극성인 기름 사이엔 물리적 힘을 아무리 가해도 원초적 간극은 극복 못한다. 마치 상대를 견제하려는 목적만을 위해 정체성의 고려 없이 급조된 정당이 머지않아 지리멸렬하듯, 화학적 통일감이 결여된 탓이다.

사람과의 결합도 다를 것 없다. 결이 맞는 사람과는 좀 더 시간을 갖게 되며 뜻이 일치하는 사람과 깊은 이야기를 나누곤 한다. 내게 잘 맞고 나와 잘 통하는 사람, 같은 극성을 지닌 사람들 말이다. 다른 부류와 억지로 섞여 본들 불편감만 늘어나고, 불편하단 건 애를 써야 함을 의미한다. 그건 물과 기름의 혼합을 위해 끝없이 흔들어 줘야 했듯 지난한 에너지를 요하는 과정이다. 그렇게 우린 반드시 모든 사람과 어울릴 것 없다는 사실을 알아 간다. 두 층으로 나뉜 혼합물처럼 시간이 지나면 대척점의 사람들과는 차츰 알아서 나눠지니까.

다만, 나의 좋음이 꼭 정답은 아닐 수도 있다는 점을 잊지 않으려 한다. 그저 극성은 극성끼리, 무극성은 무극성끼리 녹아들 뿐이다. 내 곁엔 '내게' 좋은 사람을 두려고 하니, 나랑 안 맞거나 나와 다른 반대의 사람을 혹여나 그르게 여길 수 있다. 하지만 성격이란 건 원체 다각화가 극심한 영역이니 각자에겐 그에 부합한 우선 사항이 있는 것뿐이다. 섬세한 사람, 사려 깊은 사람, 공감을 잘하는 사람, 감정 민감도가 높은 사람, 차분한 사람, 진중한 사람, 활기찬 사람, 생각이 많은 사람, 잡담을 좋아하는 사람, 침묵을 귀하게 여기는 사람, 이성을 앞세우는 사람, 반대로 공감을 우선하는 사람. 단지 끼리끼리 어울릴 뿐이다. 그런 명제 속에서 나의 선호가 누군가의 좋음을 판별하는 잣대로 변해선 안 될 일이다.

때론 전혀 섞이지 않을 듯한 부류가 섞여 시너지를 내기도 한다. 어울리지 않을 것 같던 두 가지 향이 혼탁해 독특한 맛을 내기도 한다. 극과 극으로 보이던 두 사람이 천상 연인 사이가 되기도 한다. 사람은 특성상 자신이 속한 집단에 들지 않은 사람에게는 자연스런 배척감을 느끼곤 한다. 허나, 나에게 속하지 않은 여집합이라고 해서 별로일 순 없단 사실을 되뇌어 반추한다. 협량한 배타심은 '남'과 섞여 발휘하게 될 우리 간의 잠재력을 미리 지우기만 할 테니 말이다.

옷을 직조할 땐 비슷한 색깔의 실로 전체를 이어가지만, 포인트를 낼 무늬와 문양은 보색으로 마무리한다. 다수의 비슷함 속에 녹아든 약간의 정반대를 통해 특별한 지점이 탄생한다. 물과 기름은 억지로 섞어야 하듯 다른 성질이 합치되는 데엔 그만한 노력과 에너지 고생과 수고로움이 동반될 테다. 그러나 수고스럽던 과정이 예상치 못했던 늘품을 가져다주기도 할 것이니, 분명 다름과도 이따금 섞여 들어 볼 일이다.

먼지 뭉텅이

의식을 하고 나서야 보이는 존재가 있다. 전철을 기다리는 역사 내, 시커먼 먼지 덩어리 하나가 저만치서 날아오더니 기어이 발에 치인다. 오랜 세월 수많은 발걸음으로 엉긴 끝에 뭉쳐진 먼지였다. 발에 엉겨 붙으려 하자 얼른 발을 떼어 걸음을 옮겨 둔다. 그러자 뒤이어 불어온 늦바람을 타고 다른 이의 발치에 가더니 또 한 번의 발길질을 맞고 정처 없이 떠난다. 비록 환영받지 못했지만, 그 순간 존재감 하나만큼은 확실하던 먼지 뭉치였다.

어디에나 흩어져 있고 여기저기 퍼져 있는 먼지인데도, 너무나 왜소한 나머지 눈에 띄지 않을 뿐이다. 어느 순간에나 들이마셨고, 지금 이 시점마저 코로 숱하게 들어왔을 텐데도 시야엔 일절 들지 않는다. 보이지 않는 작은 존재는 언제나 구석으로 내몰리기 때문이다. 구석진 곳에서 덮개를 살짝 들춰 보면 숨어 있던 작은 토씨들은 그제야 드러난다. 뭉치고 나서야 설핏 보이던, 쓸고 나서야 시커먼 자국이 묻어나던 먼지였으니 말이다.

의식을 해야 비로소 보이던 존재. 미소한 속성은 우리 개개인도 별반 다를 게 없다. 조금만 떨어져 바라보면 바닥 근방에서 흩날리던 먼지의 실재감과 우리의 존재감을 별달리 구분 지을 것도 없다. 우주라는 무량한 바탕 속의 지대한 행성 안에서, 거대한 사회 틈새 보이지도 않을 일원으로 자리하는 한 명 한 명들과 발치의 먼지. 단지 스케일의 차이일 뿐이다. 한데, 이러한 미력함은 먼지들과 공유하면서도 먼지들이 뭉치려는 성질과는 차츰 멀어져 가는 듯한 사람들이다. 잊히지 않기 위해서 엉키고 뭉쳤던 먼지 마냥 모이고 뭉쳐야 그나마 티끌만큼의 생존감이라도 낼 텐데 말이다.

거대한 존재의 탄생은 모두 작은 점들에서 시작된다. 150억 년 전엔 우리가 상상할 수 있는 모든 게 한 점에 불과했고, 별 의미 없던 별 하나하나가 모여 의미 있는 별자리가 생겨났다. 커다란 행성들도 결국엔 조그만 입자들과 미미한 먼지들이 엉겨 붙어 탄생한 존재들이다. 어둠을 떠돌던 수없이 많은 작은 원소들, 혼자선 보이지도 않았을 미립자들의 뭉침이다. 대단해 보이는 존재조차 혼자가 되면 별거 없다. 인광이 번쩍한 스타들 또한 뒤를 봐주는 수많은 사람이 켜켜이 쌓은 결과물일 따름이다. 그건 분명 혼자서 만들어 낸 발광이 아니다.

뭐든 합을 이루면 증폭된다. 먼지 뭉치가 했던 것처럼 작디작던 서로를 크게 키운다. 공명 현상이다. 조그만

발걸음이 모여 행진 소리를 만들듯, 미약한 목소리가 포개어져 함성으로 울리듯, 작은 현상은 끼리끼리 손을 잡으며 상호 확대한다. 치어들은 무리 지어 거대한 성어를 압도한다. 작은 존재는 그렇게 존재감을 증폭한다. 유약한 생명들은 그런 식으로 불안한 생존력을 공명한다. 무리 속에 합일한 채로 질겨지고 짙어져 간다. 풀 한 포기 뽑는 일은 가소로울지 모르나, 드넓게 엉기고 성긴 풀밭은 쉽게 헤쳐 가기 힘들다. 하나가 아닌 '그들'의 존재감이 된 덕이다.

연대와 유대는 작디작던 몸집을 키우는 감각이다. 흩어지지 않기 위해선 손을 꼭 붙잡아야 한다. 힘이 없는 존재임을 알고 있을수록 깍지에 낀 힘을 더 쥐어야 하는 법이다. 뭉치면 보인다. 보이지 않는 개미 한 마리는 무심코 밟힐지언정, 무리를 이룬 개미 떼는 함부로 밟아 낼 수 없다. 까만 점은 바닥을 수북이 뒤덮으며 하얀 콘크리트의 색을 가려낸다. 뭉쳤을 때 그제야 드러나던 먼지 뭉텅이와 개미 떼처럼, 극소한 개개인의 생존법도 다를 바 없다. 내 것

하나 더 가져 보려 배척하다 한 톨의 먼지로 전락해 버리는 세상이다. 조금 나누고 서로 도우면서 뭉쳐 가는 존재가 결국 살아남는다. 보이지 못한 존재는 거대한 발 밑창에 밟히기 마련이니까, 혹여나 밟히지 않기 위해 끝없이 응집해야 하는 이유다.

지난해는 유난히 눈이 많이 내리던 겨울이었다. 흩어지는 눈발 속에서도 눈 뭉치를 밀도 있게 다져 본 이는 뭉쳐진 눈덩이의 단단한 감촉을 분명 알고 있을 테다. 흩어져 있을 땐 잘게 부스러지던 눈발의 감촉과는 대비되는 눈 더미의 촉감을.

입자가 되어

　　　친구가 떠났다. 분명 2주 전 마주한 얼굴인데, 어느새 사진 속으로 들어가 시간을 멈춰 버린 웃음이었다. 그 모습에 얼마 전까진 눈에 불을 켜고 한끝이라도 아껴 보려던, 조금이라도 더 벌어 보려던 숫자의 색채가 옅어졌다. 모노톤으로 물이 빠져나갔다. 일순 찾아오는 덧없음인가 보다 했다. 때로는 다소 아프기도 하고 꽤나 아리기도 하겠지만, 남은 이들에겐 사사로운 단상과는 별개로 아무렇지 않은 내일이 찾아온다. 그런 공간에서 아무렇지 않은 듯 살아내고 살아가야 하니까, 들이켠 물 한 잔과 함께 밀려올 감정들을 애써 삼켜 낸다.

우리는 덜컥 찾아온 무연함을 각자의 방식으로 마
주한다. 내겐 종교를 향한 태생적 방어기제라도 있는지, 그
많은 종교 중 어느 걸 에둘러 봐도 쉬이 받아들여지지 않
았다. 누군가를 보내거나 망자를 기리는 데 그만한 왕도도
없다는데 말이다. 그래서 되려 이성이란 미명 아래 설익은
상상을 해본다. 모든 건 입자로 이루어져 있다는 이론으로
부터. 물건도, 자연도, 사람도 무량한 공간으로부터 뭉쳐져
생명이란 찰나를 이루다가 다시 무한한 곳으로 퍼져 나갈
뿐인 미립자라면서. 사후도, 윤회도 아닌 그저 영원한 흩어
짐을 또다시 향유하는 조각들이라고.

한군데에 밀도 있게 뭉쳐 있던 한 방울도 웅덩이에
빠진 후엔 섞여든다. 전체의 일부가 된다. 일부는 그렇게 전
체에 포함되기 마련이다. 자연의 섭리는 늘 균일한 흩어짐
을 종용한다. 그러니 입자가 잠깐 뭉쳤다 입자로 되돌아가

퍼져 나가는 모습을 그려 본다. 일부는 지구에 남아 지천을 이루고, 일부는 이웃 은하계로 넘어가 천체가 되는 장면을. 내가 모르는 곳으로, 관측할 수 없는 저 너머의 어둠으로 균등하게 퍼져 나가는 광경을.

떠난 이에게 애써 이유를 묻고 싶진 않다. 대신 문득 불어온 바람에 섞인 입자를 한 번 느껴 본다. 불현듯 올려다본 별자리에서 흔적을 찾아낸다. 마찰로서 체온을 이뤄 주던 입자의 온기를 체감한다. 그때 조용히 맞이하면 될 일이다. 맞이가 서로 다르듯이, 보냄에도 각자의 방식이 있다. 처음이 그러했듯, 끝인사 또한 내가 믿는 방식으로 맺는다. 그래서 느닷없는 상상을 좋아한다.

아이러니하게도 떠난 사람은 남겨진 자에게 삶을 선물한다. 지금 내쉬는 호흡의 깊이를, 주변을 감싼 공기의 온습도가 주는 쾌감 혹은 불쾌감을, 흙길이 축축하게 습기를 머금어 형성한 진득한 촉감을, 반복되는 일상이 빚는 지루함마저 곧 평온함이었다는 사실을 알게 한다. 당연함이라는 껍질에 가려졌던 알맹이를 남긴다. 그러니 떠난 이가 남긴 온기를 받아 이으며 일상을 이어 낸다. 그 속엔 분명 떠난 이의 한 부분도 녹아 있을 테니 황망해하진 않는다.

그리움이 다가오면 남겨진 당연함들에 또 한 차례 집중해 본다. 콧속 깊이 들어오는 숨을 크게 내쉬고, 바람의 서늘한 질감을 살피고, 하늘의 만연한 색감을 바라본다. 삼라만상에 깃든 한 사람의 입자들을 의식한다. 이따금 찾아올 시큰함도 그렇게 상상력으로 덮어 낸다.

고유하던 발소리

가만 들어 보면 고유하던 발소리들. 사뿐히 걷는 소리, 툭툭 내던지듯 바닥과 부딪히며 복도가 울리는 소리, 왠지 얼마간 처량하게 들리던 발소리, 어딘가로 쫓기듯 줄곧 다급하던 소리, 또는 아무 소리도 나지 않는 무음마저도 누군가의 발소리였다. 소리가 다변한 탓에 그중 귀에 익어 가는 발소리들도 생겨난다. 매번 듣다 보니 이제는 소리만 들어도 음원이 누구의 것인지 대강 짐작이 가는 소리들이다. 얼굴이 제각각 다른 것처럼 저마다의 발끝에도 특유한 소리를 지니고 있다. 발이 가는 자리에는 잔향처럼 발걸음이 남겨졌고, 그 소리는 언제나 고유했다.

사람마다 남기는 발자국 모양이 다르고 찍힌 발자국의 사이즈도 다르듯이 서로에겐 유별난 소리가 날 뿐이다. 바닥을 누르는 무게감도, 질감이 다른 물질이 부딪히며 나는 마찰음도 그저 상이하다. 뒤꿈치부터 닿는지, 아니면 앞축부터 땅을 누르는지 압점과 압력마저 판이하다. 어딘가로 향하고 있던 방향들조차도 겹치는 건 어느 하나 없었다. 모두 고유하고 유일했다. 그러니 내게 침착된 발걸음에도 차분히 집중해 본다. 평소 스치듯 별 신경 안 쓰던 그 소리에. 발걸음의 주기는 얼마나 되고 소리 높낮이와 진폭은 어떠한지. 발소리가 큰 편인지 방향은 잘 가고 있는 건지. 찍혀 오던 발자취가 혹여나 지워지진 않았는지. 모든 걸 유심히 살피면서 귀 기울여 본다.

제각각이던 발소리는 잔잔히 들려주고 있었다. 우리가 그토록 좋아하던 순서가 그곳엔 없었다는 사실을. 앞

지르거나 뒤처진다는 서열이, 빠름 혹은 느림 따위의 잣대가 없다는 걸 말이다. 모두 다를 뿐이니 어떠한 비교 우위도 끼어들 틈새가 존재하지 않는다고. 음색이 어떻고 보폭이 뭐라는 식의 우열감은 어울리지 않았다. 집중하지 않아 알아차리지 못했을 뿐 모두의 개성이란 걸 조용히 알려 주던 울림이었다.

누군가의 발소리가 마음에 든다고 해서 똑같이 따라 걸을 수는 없는 법이다. 얼마간 흉내 내고 본떠 보아도 이내 내게 익숙한 걸음걸이로 돌아올 뿐이다. 비교도 모방도 없는 영역이다. 그러니 단지 내 갈 길만 잘 나아갈 수 있다면 그걸로 족하다. 누구도 따라오거나 모사할 수 없는, 내 발걸음과 내 발소리를 믿고 내딛을 수 있다면 말이다. 내 발자취대로 마음껏 내딛으면 그걸로도 충분한 개성이니까, 베낄 수 없는 독보적인 보폭이 되어 준다.

태도가 상쇄될 때

프로젝트를 진행할 때였다. 누군가와 같이하는 일이면 응당 뜻대로 안 될 수 있음을 충분히 인지하고 있었지만, 한 번은 숨이 가쁠 만큼 감정이 진동하는 순간이 찾아왔다. 함께 일을 하게 된 담당자의 태도가 발단이었다. 뜻대로 안 되자 통화 도중에도 종종 한숨을 내뱉던 그 반응이 초년생에겐 여간 적응하기 쉬운 일이 아니었다. 한 번이면 참았으련만 한 번의 기분 나쁜 날숨이 두 번으로 되더니, 점차 세 번에서 네댓 번까지 늘었다. 당황스러움으로 한동안 대답도 뱉지 못했던 순간이었다.

나를 웬만큼 알고 있다. 당황하면 말이 빨라지고 말을 더듬는다는 걸. 그리고 어느 순간 말을 더듬고 말은 빨라져 있었다. 그런 사실을 알고 있었기에 한숨을 네댓 번째 내쉴 땐 더는 버텨 내지 못했다. 숨 가빠짐이 느껴져 결국엔 한숨을 맞뱉고 말았다. 일부러 들리도록, 들어 주기를 바라며 약간은 소리 내어. 그러니 얼마간 속은 개운했다. 그렇다고 기분이 썩 편해지는 것은 아니었지만.

　　뜻이 다르고 생각이 갈리는 경우는 흔하다. 그럼에도 기분을 드러내는 건 흔치 않다. 태도가 기분이 되는 당시였고, 그 태도에 내 기분이 간섭받는 순간이었다. 굳이 지분거리고 싶진 않았지만 대응에 후회는 없다. 다만, 다음부턴 그러지 않아야겠음을 느꼈다. 다른 이유는 없다. 따라 맞대응 하다 보면 어느새 내게도 물들어 버릴까 봐.

　　말은 결국 소리에 불과하다. 소리는 파동의 하나일 뿐이고. 파동은 서로 만나면 새로운 무늬를 만들어 낸다.

두 파동이 만들어 내는 간섭 현상이다. 파동이 서로 같은 방향이면 더욱 커지는 보강 간섭으로, 반대 방향이면 서로가 사라지는 상쇄 간섭으로 작동한다. 태도의 기본 또한 상대와 주고받는 말에서 시작된다. 그래서 얼마간 이 법칙을 따른다. 똑같은 방식이라면 강도를 보강해 격양은 커진다는 것을, 반대의 방식이라면 정도를 상쇄해 흥분은 줄어든다는 것을 말이다.

역증이 나던 당시의 태도 덕분에 단박에 알게 됐다. 내키지 않는 태도를 상쇄시킬 방법은 정반대에 있었단 걸. 따라 하는 게 아니란 사실을. 무례함을 상쇄시킬 확실한 방법은 그와 정반대를 향하는 태도만이 무이하다. 돌이켜 보면 미숙해서 잘 대처하지 못한 부분이 내게도 있었으니, 그 점을 인지한 채 태도를 차분히 다시 잡으니 다행히도 과정이 완만해졌다. 결과도 점차 무탈해져 갔다. 무엇보다 내 마음에 일순 일었던 진동이 차근히 가라앉을 수 있었다.

이따금 무례한 태도가 다가오면 내 태도도 그에 맞춰 낮아지기도 한다. 내가 아무리 애써 본들 상대방도 곧이곧대로 똑같은 자세를 내어주진 않는다. 억울한 마음이 든다. 그렇지만, 그렇기 때문에 늘 기억하려 애쓴다. 태도는 받아치는 게 아니라 상쇄시켜야 한다는 것을. 반대의 태도가 만날 때, 원치 않던 태도도 비로소 상쇄될 수 있다는 것을.

'When they go low, we go high.'

미셸 오바마가 했던 말이 떠오르던 순간이었다.

날 좋은 날

매일이 맑고 청연하면 좋았으련만, 따져 보면 쾌청함은 일 년에 몇 날 없기만 하다. 여름 지나 추위가 오기 직전 얼마 되지 않는 가을의 틈새. 겨우내 추위가 슬며시 물러가려는 늦봄에서 여름의 초입. 그렇게 얼마 내어 주지 않는 날 좋은 날을 사진이든 기억이든 어딘가에 담아두려 애쓴다. 그리고 그런 날이면 조용히 한 마디를 내뱉는다. 오늘 같은 날씨가 죽 이어진다면 얼마나 좋을까 하고.

늘 그렇듯, 막연한 바람은 대게 잘 안 이뤄질 때가

많다. 기상청이 공식적으로 인정하는 '맑은 날'은 많아야 100일 정도니까. 거기에 여름과 겨울처럼 극단의 기온으로 휩싸이는 날이 아닌, 포근하고 시원한 온도는 얼마나 되는지. 낮에는 선선한 바람이 지나가고, 밤이면 별도 가끔 보이는 그런 날. 일광이 너무 따갑지 않고, 운량도 적절해 구름이 하늘을 적당하게 채우는 날. 따스한 봄 냄새나 청량한 가을 내음이 느껴지던 날. 보고만 있어도 기분 좋아지는 그런 날. 돌이켜 봐도 그리 많지는 않았지만, 선명히도 남아 있던 몇 없는 날들.

드문히도 잊히지 않는 날들이 있다. 결국 모두는 얼마 되지 않던 날 좋은 날을 기억하며 흐린 날을 버텨 낸다. 궂은날을 이겨 냈던 것처럼, 날 좋던 날에 담았던 추억을 상기하며 날이 좋다면 또다시 놀러 가자는 언약을 하듯이.

이제는 막연했던 바람과는 다른 바람을 간직한다.

날 좋은 날을 일상에도 잊지 않고 한 번씩은 떠올릴 수 있도록. 안 좋던 날의 존재 덕에 다가올 날 좋은 날이 더욱 가치로워진다는 것을 말이다.

단순화, 생략, 가정

복잡한 순간일수록 단순한 것들이 답을 가져다 주기도 한다. 학문마다 각자 선호하는 논증법이 있다. 어림잡아도 수십 개는 족히 넘어서는 다종한 학문의 세계에선 서로가 다루는 주제도 여기는 개념도 달리한다. 그런 다채로운 학파임에도 모두를 합일하는 원칙이 하나 있다. 사안이 복잡할수록 단순하게 바라보는 접근이다.

정묘함만을 추구할 듯한 이학이나 공학에서조차 단순화는 숱하게 쓰인다. 생략도 흔하고 가정도 잦다. 아무리 순일해 보이는 현상일지라도 분석하려 들면 대개 지난한 과정으로 변모하곤 한다. 그러니 문제가 발하면 뭐든 일단 간단하게 다가간다. 모서리가 올록볼록해 복잡다단한 물체는 한 점으로 간이화하고, 예상을 흐리며 이리저리 튀는 유체는 한 방향으로만 흐를 거라 단일화한다. 안 그러면 너무 혼잡하니까, 처음부터 모든 걸 하나하나 전부 고려하면 원체 복잡하기에 가정하고 생략한다. 전체를 파악하기 위해 우선은 일부를 무시하고 간단히 치부해 둔다.

　　교재 속 명료한 문제와 달리, 현실에선 낙하하는 물체 하나 파악하기도 여간 까다로운 일이 아니다. 물체의 모양과 내부의 물성부터 그에 따라 다변하는 주변 공기 흐름과 행성의 운동에 천체의 영향까지. 수없이 다분한 인자들이 관측자를 괴롭힌다. 끝도 모를 정확성을 향하려면 잘 알지도 못하는 우주의 섭동과 입자의 미력마저 고려 대상에 포함된다. 그래서 일말의 오차 없이 오로지 정확함만을 추구할 듯한 자연과학에서도 대상을 어림해 대는 경우는 수두룩하다. 우주의 영향, 지구의 존재, 공기의 저항을 없는 셈 친다. 그런 어림의 결과는 보통의 생각 이상으로 정답과 근사하다.

난잡히 엉킨 현대 사회 속, 단박에 해결되는 건 웬만하면 없다. 생각할 것도 한둘이 아니고 교재 속 꼬일 대로 꼬아 놓은 난삽한 문제보다 난해한 일투성이다. 그 속에서 매 순간마다 복잡한 선택을 강요받는다. 그래서 오히려 가볍게 여겨 보는 태도가 빛을 발하곤 한다. 목전에 마주한 문제를 단순히 바라볼 줄 아는 자세. 잘될 것을 가정하며, 변수는 대강 생략하고 앞에 놓인 단계들을 간단히 삼아 보는 관점. 우리가 몸담은 세상이나 지금도 끝없이 상호작용하는 사회 또한 결국엔 물리 법칙을 따르는 부속들일 뿐이다. 그러니 단순화라는 학문적 분석법이 일상에서도 작용할 수 있는 근거가 되어 준다. 동서고금 언제 어디서나 상통하던 단순화 원칙이 지금도 여전히 유효한 이유다.

퍼즐을 맞출 때면 자연스레 가두리를 우선 채웠듯이, 불가해한 일을 앞두고 터울거리기보다 단순한 틀을 먼저 잡아 간다. 단순화는 비약과는 다르다. 탐조의 첫걸음이다. 얼마간은 무시하고 단순함을 유지할 때, 때론 가장 효율적인 시선이 되어 준다. '악마는 디테일에 있다'라는 말마따나, 막연한 불안감은 대개 세부분을 덧대면서 불어 나간다. 늘어나는 혼조 속에서 지녀야 할 건 거창하고 두터운 목차가 아니다. 복잡한 생각을 내려놓고 일단 시작해 보면 문제는 한결 간결해진다. 장황한 계획에 앞서 우선 내딛어 보면 경로는 한껏 명료해진다.

복잡한 세상이지만 단순히 바라볼 필요도 있다. 어려울수록 우선해야 할 일은 대체로 어려운 생각이 아닌 경우가 많다. 그럴수록 단순하게, 그럴수록 간단하게 바라볼 일이다. 외양을 꾸며 주던 수사는 핵심을 파악할 때면 반대로 본질을 흐리기도 한다. 복잡한 걸 반대로 단순히 바라보다 보면 어렴풋 해답이 드러나는 순간이 온다. 모든 걸 정확히 따지려 들지 않는다. 세부 사항을 일소에 부치고 처음엔 간단히, 조금씩 깊고 적확히 다가가는 태도로 다가가는 이유다.

수성과 금성 사이

관계 속에선 우연과 의외의 상황이 이름에 걸맞지도 않게 자주 일어난다. 한날 우연찮게 조우한 지인이 일순 친구가 되기도 하고, 한동안 잊고 지내던 사이가 어쩌다 일상의 불가분으로 들어오는 경험도 겪는다. 그럼에도 각자의 사력을 서로에게 털어놓을 때면 빠지지 않고 등장하던 사연들이 있다. 내가 주체가 되어 근친한 사이를 절단하기도, 때론 객체가 되어 막역한 관계와 절선 당하기도 하는 저마다의 절절한 기억들. 복잡다단한 개체들이 모여 만들어 내는 세계인 만큼, 단교의 경험은 개인에겐 이해할 수 없는 애달픔임에도 모두에게 만연한 보통의 일이기도 하다.

　　사람 간에 이어진 숱한 연결이 이해할 수 없는 관계망을 어지러이 남기는 것처럼, 천체 간에도 작위적인 질서를 가진다. 선형적으로 나열한 행렬엔 행성 간의 거리 서열이 명확히 드러나 보인다. 수-금-지-화-목-토-천-해. 고착된 순서 속에선 상식적으로나 감각적으로나 수성과 지구 사이가 금성과 지구 사이보다 멀게 느껴지는 건 마땅한 일이다. 하지만 공전 궤도상으로는 금성이 지구와 더 가까울지라도, 실제 평균 거리론 지구와 수성 간이 더 근접하다. 그간 외웠던 순열과는 달리, 행성들이 언제나 일렬로 줄을 지어 간격을 유지하고 있진 않은 탓이다. 각자의 고유한 공전 궤도가 질서를 숱하게 흐트러뜨리기에 상식에 반하는 또 다른 거리감이 드러난다.

　　개별 천체가 지닌 사연들 또한 저마다 다변하다. 자신이 가만히 있다 한들 소행성과 혜성, 미립자들이 시도

때도 없이 주변을 스쳐 간다. 그중 일부는 너무 빠른 접근을 조절하지 못해 상호 간 충돌하기도 하고, 거대 중력에 포획된 채 위성이 되어 줄곧 사위를 돌기도 한다. 개중엔 토성처럼 무수한 위성을 거느리는 행성도 있지만, 지구처럼 하나의 위성만을 지니기도 한다. 각자의 사연으로 서로 간의 공통점을 지워 낸다. 드러나지 않은 각각의 사연들이 무수한 변수가 되어 관계망을 흐트러뜨려 갈 뿐이다. 지구와 기조력의 균형을 이루는 달조차 매년 지구에서 멀어지는 중이다. 유기물이든 무기체든, 지천에서든 우주에서든, 늘 멈춰 있는 사이란 존재치 않음을 알려 준다.

자신을 둘러싼 관계도를 해체해 보면 내부에는 수많은 관계가 얽혀 있음을 쉽게 알 수 있다. 돈이 있다고 해서 살 수도, 마음이 있다고 해서 섣불리 얻을 수도 없는 영역들. 내가 남의 속내를 전혀 모르듯 감히 추측할 수 없는 영역들. 실타래처럼 얽힌 관계도엔 여덟 개의 행성이 빚는 얽힘보다 월등한 혼란감이 공존한다. 관계를 이루는 모든 사람이 상황과 시기에 맞춰 위치와 모습을 달리할 수밖에 없는 탓이다. 다양한 사연을 지닌 천체의 섭동이 다채로운 관계망을 낳듯, 제각기 다른 인간의 생애주기가 다기한 연결을 낳아 가는 과정이다.

사람이 한곳에 머물러 있을 수 없는 만큼 이해할 수 없는 것들은 애써 이해하려 들지 않는다. 애써 예측하려 들지도 않는다. 대신 원인 모를 충돌에도 위성으로 받아들이며 공존하는 천체들처럼, 혼돈과도 공생하는 법을 찾아본다. 어떤 변모든 한번 받아들여 보고 인정함으로써 상생의 틈을 찾는다. 돌이켜 보면 천체 간의 역학처럼 관계 속에도 일정함이란 한사코 없기 마련이었으니 말이다.

자연스레 벌어진 관계, 한 번의 사건으로 일순 틀어진 사이, 어정쩡한 간격을 어색하게 유지하던 사람, 혹은 자석의 양극처럼 서로를 끌어당기던 대상. 자신은 그 모든 관계를 아우르는 단 하나의 교집합이다. 지나간 관계에 미련 두고 후회할 필요 없다. 미련에 겨워 미래를 예측하려 들 것도 없고. 내가 중심이 되는 현실에서 현재에 몰입하면 될 일이다. 영속도 영원도 없다는 걸 받아들이고, 통제해 보겠다는 마음과도 한 발 떨어져 본다면 그걸로 족하다. 유기체든 무기체든, 입자든 요소든, 삼라만상에 고정된 건 전무하단 사실은 믿어도 되는 불변의 법칙이니까. 영원할 듯한 개념과 사상조차 대를 거치며 다단이 변해 간다. 재해 앞에 한낱 미물이 되듯이 불가능을 통제하려 들 때 인간은 한없이 무력감을 느낀다. 그러니 적당히 아쉬워하고 보내 준다. 기대를 갖고 기다려 본다. 잃은 만큼 돌아오기도 하는 분야기에 정반합의 법칙을 믿는다.

불가사의로 가득한 우주 앞에 좌절했던 천문학자들이 이내 불가지함을 받아들이고 현상에 집중했을 때 다채로운 세상이 드러났다. 그처럼 그냥 두어야 할 것은 그냥 두면 될 테다. 시시각각 격변하는 역학 관계도 일일이 계산할 것 없다. 이방인이 객지를 탐방하듯 한 발 떨어져 조망

한다면, 천체학자들이 겪은 것처럼 복잡성이 건네는 다채로움 또한 느낄 수 있을 테다. 사람 간에는 적기가 있고, 얽히어 영속할 듯한 관계에도 주기가 있다. 인연의 수명을 결정짓는 건 우리의 인지력으론 탐지되지 않는 고차의 영역이다. 그러니 우리는 현생 동안 수십억 인구가 빚는 무변한 연결망 위를 떠다닐 존재에 불과하다.

수성과 금성 사이, 틈 어딘가에서 정처 없이 부랑하는 지구처럼 회자 간에 거듭되는 정리를 받아들여 본다. 의지와 의도를 배제한 채 멋대로 작동되는 요소이기에 너무 애달파할 것도 없다. 천체가 빚어낸 우연들이 밤하늘 속 총천연색을 만들어 냈듯, 관계 속 무작위가 만들어 낼 천변만화에 되레 기대를 가져 보면 될 일이다. 돌연스런 사건들은 언제나 앞날과 공존할 테고, 그건 거시 세계로부터 비롯된 성질이자 본질일 따름이다. 한계 모를 듯 펼쳐진 해안선처럼 끝없이 늘어진 연결망 위에서 친구와 가족, 이웃과 애인까지 나를 둘러싼 모든 사람과 가까워지고 멀어지는 현상이 그저 반복되어 갈 뿐이다.

　　　옅고 얕은 관계가 여남은 날까지 이어지기도 하고, 깊고 진한 관계가 돌연 소실되기도 한다. 가깝던 사이와 어느새 멀어지기도 하고 생판 남이던 사람이 일상에 스며들기도 한다. 뚜렷한 주기는 모르겠으나 변칙적으로 바뀌어 간다. 짧은 생애 하나로 귀납해 봐도 정지한 관계란 존재치 않는단 걸 어렵지 않게 떠올려 볼 수 있다. 생물같이 다변하는 관계망에서 그건 되레 죽은 관계일 테니 말이다. 물리적 거리감 이외에도 상황과 환경, 심지어 기분과 정서까지 관계 속에 작용하는 요소들은 셀 수 없다. 기어코 의지로 붙잡는들 수명의 차이마저 극복할 순 없는 노릇이다. 각자가 속한 환경과 상황의 영향으로 결국엔 산발되는 게 관계 본연의 모습에 가깝다. 본연을 인지할 때, 더 이상 묶이지 않고 자유로움에 한결 가까워질 수 있다. 관계 속에는 법칙이 부재하단 걸 받아들인다.

물 흐르듯 산다는 말을 기억한다. 흘러가듯이, 붙잡지도 고이지도 않고 유수같이. 여러 상황에서 차용되는 말일 테지만, 관계를 바라보는 시선과도 부합한다. 사람이 얽혀 만들어 내는 연 간에는 스침과 머묾이 항시 공존하기에 섣부른 기대와 예측은 감응하지 않는다. 직관과 상식이 빗나가기도 한다. 부재한 채론 결코 살아갈 순 없지만, 어느 정도는 상시 끌려다닐 수밖에 없기도 하다. 한 사람이 어느새 내 삶의 일부가 되어도 둘의 관계가 영속한다는 보장 또한 쉽사리 건네지 않는다. 그렇기에 와류가 흐르듯 살아야 할 영역과 가장 가까운 분야 또한 인연이다. 주변 모든 사람의 깊은 심지까지 관찰할 여유도 시간도 없기 때문에 거리감은 자연스레 벌어질 수밖에 없다. 그러니 섣부른 예견과 기대와는 멀어져 본다. 채 열 개도 되지 않는 행성 간의 관계망만 고려해 보아도 예측이란 게 얼마나 어려운지 알 수 있으니 말이다.

지구가 아프다지만

문득 세상에 무심해짐을 느껴 가는 시기가 있다. 내 살이가 힘들어, 내 벌이가 버거워, 하나둘씩 세상의 중심에서 멀어져 가는 시절이 이따금 찾아온다.

바깥에서 가쁘게 벌어지는 일거수일투족에 귀를 바짝 세우고 애정 있게 살피던 예전도 있었다. 세상에 분노하고 세상에 공감하며 세상에 설워하던 일련의 날들. 길을 걷다 멀찍이 가두시위라도 벌어진다면 현상과 원인, 대안까지 아울러 곰곰이 고민해 보던 날들. 그런 날들이 높다란 파도처럼 한 차례 지나고 나니 남은 건 잔잔해진 마음과 멀어진 감정이었다.

사회와는 어느덧 멀어졌음에도, 환경에는 여전한 관심을 가진다. 쏟아지듯 발표되는 연구를 하나둘 열어 보다 보면 환경에 대한 목소리는 결코 가볍지 않단 걸 알 수 있다. 모를 수 없고, 몰라서도 안 되는 일들. 과학계는 인간의 촌극이 빚는 타 분야에 비해 발전이니 개선이니 긍정을 담은 단어가 상대적으로 잦은 편이지만, 환경이 주제로 서게 되면 어김없이 쓴소리만 들려온다. 경고와 엄중이란 단어가 늘어진 문맥 앞에서 미래를 그려 볼 땐 간혹 섬찟하기도 한다.

귀찮아도 라벨을 분리하고 빈 페트병은 웬만하면 밟아 쭈그러트린다. 일회용기를 써야 할 땐 씻어서 버리려하고 한순간의 일 회를 위해 태어난 것들을 적어도 이삼 회정도는 쓰려 한다. 하지만 그 모든 게 안 이루어질 때가 있다. 피곤할 때, 힘들 때, 사위에서 짓누르는 스트레스로 너무 벅차 스스로를 챙기기도 고달플 때. 그런 찰나에는 커피 찌꺼기가 그대로 남아 든 플라스틱 컵을 한동안 멍하니 바라보다 분류 안 된 쓰레기통에 그냥 툭 하니 던지고 만다. 지구가 아프다지만, 지금은 내가 더 쓰리다며 애꿎은 정당성을 기어이 찾아내면서 말이다.

남을 챙기려면 그 전제엔 자신이 깔려야 한다. 여기저기 치이다 내 한 몸 성하게 돌보지 못하게 될 땐 사람이 고파도 애써 참는 이유다. 어디선가 날아온 부탁과 요청을 정중히 거절한다. 미움받을 거란 두려움도 내려놓는다. 욕심낼 것 없다. 일단 나부터라고, 우선 자신부터라며 다독여낸다. 회복이 요구될 때 시간 내어 가지는 휴식은 나를 위한 일이면서 상대를 위한 일이기도 하니까. 거창하게 지구를 위하고 싶다면, 호혜롭게 주변을 챙기고 싶다면, 소박하게 나부터 챙겨야 하는 법이다.

나를 우선시하는 삶, 그건 이기심과는 다른 삶이다. 버거운 순간엔 때로는 거절도 하고 부침이 보이는 건 피해 갈 줄 아는 지혜. 남보다는 나를 먼저 다독이고 나를 우선 보호할 줄 아는 혜안. 한때는 터부시하기도 했던, 이제는 우선이 된 그 필요성을 알아 가는 중이다.

03

유일한 종, 무이한 계

       종, 속, 과, 목, 강, 문, 계. 여느 생물종이든 전체를 관통하는 하나의 체계를 따른다. 사람종, 사람속, 사람과, 영장목, 포유강, 척삭동물문, 동물계. 정해진 분류표를 따라 갈라지는 건 사람도 예외 없다. 탄생과 더불어 무슨 성씨 어디 종파 어느 대손인지를 담은 이름 세 자가 족보 한 축에 지정되듯이, 무슨 종에 어떤 속이고 어디 과를 거치는지 또한 날 때부터 정해진다. 태어나며 부여된 가름표에는 선택권도, 거부권도 없다. 그저 철저히 정리된 계통 아래에서 일곱 단계의 거름망으로 걸러진 분류 체계에 제각기 나뉘어진다. 지워지지 않는 문신처럼 세포가 발생되는 즉시 종種이라는 태초적인 정체성이 새겨진다.

종 간의 분류는 숱한 대조를 통해 이뤄지지만, 거르고 걸러진 종 내에서는 오로지 미소한 차이만이 남는다. 같은 종에 포함된 내집단은 동일한 생리를, 유사한 외형을 공유할 수밖에 없는 운명 공동체다. 그럼에도 근간의 미디어, 서적, 강연 등에서는 줄곧 독특한 존재가 되어라는 말을 경쟁하듯 외쳐 댄다. 범주에서 벗어나 같은 종 내에서도 어떻게든 차이를 만들어 내라는 말을 되뇐다. 가만히 있다간 육체는 기계에 대체되고 두뇌는 AI에 내어주고 말 거라는 경고와 함께 불안을 끝없이 동조한다. 각자도생의 시대에서 살아남으려면 창의적이고 대체 불가한 사람으로 거듭나라는 일갈을 반복할 뿐이다. 그렇다고 정작 도생의 방법은 어디에서도 알려 주지 않는다. 덩달아 뭐라도 해보려고 이것저것 시도해 보는 사람이 늘어나는 까닭이다. 자꾸만 비범함을 권려하는 요구에 불안해져 남들이 안 해본 거라면 뛰어들어 보고, 독특해 보이면 집어들어 본다. 그러나 이내 모든 게 죄다 의미 없음을 깨닫고 만다. 그런다고 해서 일순 튀는 사람은 될 순 있어도 '각별한 사람'은 될 수 없기 때문이다.

특유성은 새로운 항목을 덧입힌다고 해서 대뜸 나타나지 않는다. 오히려 지닌 것들을 제대로 섞어 볼 때 선뜻 드러난다. 뜯어보면 죄다 기존의 것임에도, 별종의 조건은 섞이지 않을 것들을 한데 모아 놓을 때 갖춰진다. 오리너구리과인데 오리너구리목이면서 오리너구리강인 오리너구리의 분류 체계는 그렇게 생겨났다. 부리가 있는데 헤엄을 치고 알을 낳는데 젖을 먹이는 '평범한' 변종, 기존의 틀은 그런 식으로 비틀어 나가는 방법이 훨씬 수월하다. 창조의 메커니즘을 살펴보면 없던 형태를 새로이 조형하는 일보다는 기존에 있던 멀찍이 떨어진 두 개념을 엮는 일이 다분한 편이다. 맹목스러운 암중모색 대신 잠깐 멈추어 지닌 것들을 모두어 볼 줄 알아야 할 필요가 있다. 어울리지 않아 보이는 것들을 한데 모을 때, 온당 분류되어 마땅할 틀은 부정당한다.

　　　개성을 지닌다는 건 튀어 보려 애쓰는 일과는 천지간 차이다. 자신이 지닌 속성들을 대강 환원해 보면 특색은커녕 대개 지극히 평범한 항목에 그치고 만다. 그럼에도 모든 사례와 조건을 하나로 수렴해 본다면, 충족하는 개체는 분명 소수만이 남는다. 도회지에 거주하는, 황인 특유의 뻗은 직모와 황색 톤의 짙은 피부가 뚜렷한, 공학을 전공한, 20대의 마지막을 지나는, 웅성인, 사람종. 여기에 자신만이 알던 몇 가지 항목을 덧입혀 준다면, 별 연관 없던 것들을 이어 줄 교두보를 놓는다면 미등록 개체란 게 실은 그리 대단한 별종이 아님을 알 수 있다. 조급함을 종용하는 바깥의 언어로 인해 외부로만 향하던 시선이다. 남들에겐 없는 밴다이어그램의 모수를 늘리는 데 집중하면서 기존의 집합을 덧대어 보는 일을 잊어 간다. 이미 지닌 것들의 가치 또한 터부시하곤 한다. 타의 추종을 불허하게 만드는 건 거리감만이 능사가 아니다. 평면상의 좌표계와 달리, 삼차원의 대상에겐 좌표계가 고정되어 있지 않다. 발 디딘 곳이 시작을 뜻하는 원점이 될 수 있단 의미다.

특별한 교집합을 도출하기 위해 필요한 재료는 역설적으로 특별하지 않다. 초록색으로 머리를 물들인다고, 남들이 흔히 하지 않는 장신구와 타투로 전신을 미화한다고 유일무이의 종種으로 거듭나진 않는다. 특색은 자신에게 녹아든 취향과 선호를 알고 지낼수록 은은하게 드러나기 마련이다. 교집합을 치장하기 위해선 남들과는 차별되는 소량의 독특한 요소도 요구되지만, 고유함의 태반은 그간 켜켜이 누적된 관습이자 사사로운 기록들로 채워진다. 종으로 분류되기까지 7단계의 거름망을 통과해야만 했듯, 평범해 보일지언정 여러 항목을 겹치고 겹쳐 체로 걸러지는 미량의 가루들이 오로지 자신의 근원을 대변하는 결과물로 남는다. 외모와 스타일뿐만 아니라 취향과 선호, 사상과 신념, 가치관과 인생관, 태도와 물성까지 잘 알아 갈

때야 비로소 개성이 자리잡힌다. 거름망이 되어 줄 자아는 일상을 품으며 자리잡힌다. 일생을 담은 나이테의 생성 과정과도 상통한다.

자소서를 잘 쓰는 사람, 그리고 자기소개를 잘하는 사람은 특이한 경험을 내세우지 않는다. 외려 보통의 경험에서도 교집합을 이끌어 내는 자들이 자신의 차별성과 각별함을 능히 파악해 낸다. 자기소개 문단을 눈앞에 두고 있지도 않은 비범한 사변을 끄집어내려고 머리를 쥐어짜는 사람들과는 대비되는 모습이다. 스펙을 쌓으며 기존 틀에서의 가치를 높이려는 노력도 중시할 일이 맞다. 허나 다수의 타인과 분간시켜 줄 퍼즐의 마지막 조각은 기성의 조건 중에서 나오지 않는다. 특이한 이력들이 모여야만 내 가치가 보일 거란 믿음이 가득하기에 독특함에 집착하고 만다. 그런 논리들에 노출되어 왔기 때문에 이골이 난 건 어쩌면 당연한 반응이다. 또는 아무도 알려 주거나 가르쳐 주지 않은 영역이기에 일반적인 생각으론 마땅히 도출될 만한 생각이다. 차별화란 보라색과 노란색 사이의 뚜렷한 보색 관계같이 극단성을 머금어야 한다고 느끼는 게 본능이니 말이다.

답은 늘 내 안에 있다는 말, 진부한 나머지 본능적인 거부감이 드는 말이지만 실은 부정할 수 없는 사실이기도 하다. 억지 특출은 개성이 아니다. 상상되지 않을 정도의 억지 특출은 이질적인 느낌만 남기고 만다. 그런 모습을 창의적이고 독특한 개성이라고 칭하지 않는다. 길을 가다가 갑자기 춤을 추거나 눈이 부실 만큼 장신구를 달고 다니는 행위를 남발한다고 특별해지진 않는다. 특별함과 특이함의 격차는 누구나 인지하는 사실이니 분간은 어렵지 않다. 평범한 기억, 일상적 경험, 보편의 취향 중에서 나를 대변하는 공통의 한 점을 찾아낼 때에서야 색감의 여섯 자리 고유 번호마냥 저마다의 특수한 색상이 매겨진다. 그 한 점은 이내 새로운 길을 내어주는 변곡점으로 작용한다. 어쩌면 진짜 인생은, 시기는 제각기 다를 테지만 고유점을 찾아낸 그때부터일지도 모르는 이유다.

　　　　이렇게 분류되어라고, 저렇게 분별되어라고 태어난 종은 어느 하나 없다. 모든 건 체계상의 편의를 위해 만든 형상이다. 알을 깨고 나와야만 비로소 바깥의 세상을 접한다는 고전 속 문장처럼, 관습을 벗어 낼 때가 이따금 분명 찾아오기 마련이다. 여태 우리가 알고 있던 생물은 지구에 담긴 전체 종의 20%에 불과하다. 5분의 1의 정보만으로 만사를 분류하려 드는 셈이다. 분류되지 못했고 가름되지 못한 종이 여전히 다수를 차지하는 게 자연계의 실상이다. 그럼에도 소수의 분류 체계 속에 놓여 우점종이 되려 드는 무수한 예비 별종들이다. 세상과 맞지 않고 사람과 어울리지 못하던 건, 맞지 않는 선별 과정에서 적응하지 못한 채 길을 잃어버린 탓도 있다. 규범을 따르지 않으면 낙오자라 여기고, 보통에 이르지 못하면 고립자로 분류하니 말이다. 조건에 맞지 않다고 탈락시키거나, 내집단과 차이를 띤다고 배격시키고 마는 게 기성 체계의 본연이다.

특색은 대전제를 파괴하며 드러난다. 머리를 붉게 물들이고, 이질적인 장신구로 온몸을 뒤덮은 채 멋 부리는 행태가 특별함을 건네진 않는다. 진실된 특별함은 평범한 외관에서도 족히 드러난다. 평균 키, 표준 신장, 적정 체형. 에둘러 표현하는 광범위한 표현에서 벗어나 미세한 측정으로 나노미터까지 접근한다면 신장이 정확히 겹치는 사람은 일절 없다. 자신에 대한 탐구를 하면 할수록 비교의 형용사는 사라져 간다. 어떤 형용적 표현에도 비교의 의미는 담겨 있기 마련이다. 특수종이나 희귀종이 되라는 압제에서 은은히 벗어나는 방법은 오로지 한 점을 찾는 일이다. 기존의 종 간 분류는 비교를 통해서만 정립되어 왔다. 결정적 정체성은 어떤 비교도 허용하지 않는다. 그 전제를 찾아가는 일이, 공생이 저물어 가는 도생의 시대 속 무이한 생존법이 되어 준다.

정체성에 대한 고민이 들 때, 이제껏 무엇을 위해 어떻게 살아온 건지 의문이 들 때, 내가 뭘 좋아하는지조차 감이 오지 않아 회의가 들 때. 혹은 질서를 깨지 않고 순응하며 지내 온 결과가 정작 보이지 않아 흐릿할 때. 그건 고유점을 찾아 나설 신호와도 같다. 유일한 '종속과목강문계'는 그렇게 탄생하는 법이다.

평균의 허들

절반에 들었단 사실은 묘한 안도감을 제공한다. 어느 분야든 시험을 치르면 평균부터 확인했고, 소득을 따지거나 신체를 투사해도 뭐든 평균이 잣대가 되어 줬다. 단순히 몇 개의 과목에서만 층위가 나뉘던 학령기를 벗어나자, 우리에게 부여된 가짓수는 걷잡을 수 없이 뻗어 갔다. 나이대에 따른 평균값은 발걸음을 맞춰 더욱 조여 온다. 내가 어찌할 수 없는 외모나 성격부터 적령기에 부합하는 학력과 재산, 능력에 이어 아파트 브랜드, 자동차 로고 혹은 걸쳐진 옷가지 등으로서. 수없이 갈래가 진 나뭇가지마냥 수

많은 평균의 잣대가 들이닥쳐 온다.

둘 중 하나에 들 확률은 어쩌면 그다지 어렵지 않을 수 있다. 하지만 경쟁 집단이 커질수록, 항목들이 늘어갈수록 난이도는 복리처럼 치솟아 버린다. 그러니 어느새 양분되어 흩어진 집단의 토막 속에서 하나라도 더 상위에 놓이기 위해 분투한다. 속하면 안념하고, 쳐지면 상심한다. 그렇게 눈앞에서 무량히 쏟아지는 많은 허들을 뛰어넘기 위해서만 애쓰는 중이다. 그간 들였던 노력은 평안을 얻기 위함이었음에도 항목이 늘어남에 따라 점차 닿을 수 없는 곳으로 멀어지고 도달할 확률 또한 희소해진다. 상호작용으로 탄생한 허들의 높이는 시간과 타인의 흔적을 머금고 아득해져만 간다.

끝 모를 듯이 이어지는 평균의 허들을 자꾸만 넘어야 했던 이유는 무엇일까. 비교가 쉽기 때문이다. 반복해서 넘어서려고 하는 이유는 우위를 매기기 용이해서 그렇다.

외형은 그 어느 요소보다 직관적으로 판단할 수 있는 영역이다. 나보다 낫거나 별로구나라는 걸. 내가 더 여유 있고 잘났다고, 혹은 초라하고 부족하단 직관으로. 그러니 강압적인 평균들은 대개 외적인 요소다. 외형이 갖추어져야 대비하기 편하고, 층을 내기 수월하기 때문이다. 정작 방점이 찍혀야 할 정신이나 성숙, 도덕과 열반 등의 가치들은 뒷전으로 밀려난다. 판별하기 힘든 탓이다.

주변에서 뭔가를 하면 차오르는 조급함. 평균치에서 밀린 듯한 느낌. 나이에 따른, 성별에 따른, 직업에 따른, 환경에 따른, 혹은 잘 알지도 못하는 어딘가에 따른. 그렇게 어딘지도 모른 채 따르기만 하다가 자꾸만 자상들이 남는다. 극소점을 향하려 달려들지만, 이내 낙오됨을 깨닫는다. 그건 애당초 도달할 수 없는 영역일 가능성이 크기 때문이다. 따지는 조건이 한가득해질수록 이성을 만나기 힘들어지는 것만으로도 누구나 아는 사실이 되어 준다. 평균의 중첩은 결국 희박을 향한다. 그러니 쌓여만 가는 평균의 높이와는 반대로 더욱이 개의치 않아야 한다.

그럼에도 세상은 여전히 평균을 강조하며 뛰어넘기만을 강요한다. 우리가 숙려해야 할 점은 평균의 허들일까. 올려다봐야 했던 곳은 중간쯤의 높이였을까. 각자에겐 분명 넘어야 할 허들이 있다. 불안에 겨워 남들처럼 하려 들거나 남들만큼 되려 한다. 하지만 그런 시그널은 외려 멈춰서야 할 신호다. 안심의 근원이 잘못되었단 뜻이다. 잘못된 곳에서 안도감을 채우려고 하는 일이다. 절반 안에 들 확률은 단순히 산술적으로 따져 봐도 네다섯 항목만 겹쳐도 10%가 채 안 된다. 단순히 평균에 드는 건 언뜻 수월해 보임에도 하나둘 가짓수가 중첩되면 결코 쉬운 일이 아니다. 내 과거가 조형한 허들을 넘어야 할 귀중한 시간에, 남들이 빚어낸 허망과 분투하는 셈이다.

평균이란 어쩌면 가장 명확한 역설일지도 모르겠다. 우리가 넘어야 할 허들은 타인이 쌓아 올린 높이가 아니었는데. 비교우위의 기점이 만든 고루한 잣대 속에서 허우적거릴 필요가 없었다. 그건 단연히 느끼겠지만 나의 위치를 대변해 줄 지위재가 아니다. 산술평균, 기하평균, 조화평균. 평균에도 종류가 있다. 적재에 맞게 쓰여야 할 수치들이 오로지 한 방향에만 의존한다. 그러니 결괏값에 오차가 생겨나듯 현실과의 괴리는 더욱 벌어진다. 모두가 다른 궤적을 그리면서도 누구에게나 같은 잣대를 끼우려고 했으니 말이다.

종착 없이 그어지는 높이뛰기의 굴레에서 벗어날 이유는 간단하다. 결승선은 존재하지 않으니까, 누가 놓은 줄도 모를 허들 앞에서 서두를 것 하나 없었다.

왜소행성 134340

2006년은 명왕성에게 가혹한 한 해였다. 한때나마 명왕성을 추대하던 사람들은 그곳에서 찾아낸 오점을 빌미로 왜소행성이라는 낯선 이명을 들이밀었다. 태양계에서 여덟 개뿐이던 행성 무리에 끼워 준 지 채 80년도 되지 않은 시간이었다. 명왕성은 그해 태양계에서 퇴출되었다.

명왕성에게 80년은 어찌 보면 찰나일 뿐이다. 가늠하기 어려울 만큼 한참 전에 태어나, 태양계 끝자리서 오래도록 가만했다. 지난한 시간 동안 한 점에서 그저 자신의 자리를 지키던 천체는 자신을 발견한 지 얼마 되지도 않은 몇 사람 간의 논쟁을 통해 삽시간에 행성이 되었다가 한순간에 왜소행성으로 분류되었다. 마음대로 세운 기준에 제멋대로 맞지 않다며. 명왕성에겐 의식도 없을 새 자신이 속한 소속이 두 번이나 바뀌어 댄 사건. 지구에서 피운 이 작은 소란이 그곳까지 닿았다면 어땠을까. 늘 그렇듯 원래의 자리에서 평소의 일상을 지내 왔는데 말이다.

때로는 뜻하지 않은 일들이 다가온다. 내 의지와 상관없는 바람이 불어온다. 내가 가만히 있어도 태양은 계속해서 이동하니까 아무리 그 자리에 굳건히 서 있어 본들 바닥의 검은 자국은 자꾸만 위상을 바꾸어 댄다. 떼려야 떼어지지 않는 그림자처럼 가만히 기다리고 참아도 내 맘대로 안 되는 것들이 분명히도 존재한다. 이따금 진실이 왜곡되어 진의가 누락되기도 하고, 내가 아는 나와는 정반대의 모습으로 기억되기도 한다. 심지어는 나조차 모르는 사이에도 숱하게 일어난다. 이내 지쳐 그림자가 사라지는 응달로 도망가던 이유이기도 하다.

그럴 땐 조바심이 나지만, 애쓰지 말고 연연하지도 않기로 한다. 예측 불가한 외압이 그득한 현실에서 나를 보호해 줄 사람은 자신뿐이다. 명왕성이 그랬듯이, 내가 만들지 않은 상황에선 결국 내 의지가 반영되지 않는다. 내가 부른 일들이 아님을 알기에 내가 내쫓지 않아도 알아서 물러갈 것을 인지한다. 그러니 신경을 너무 빼앗기지 않으려 한다. 남들이 뭐라고 한들, 상황이 나를 어떻게 깎아내리려 한들 나를 지키는 사람은 내가 되어야 하니까.

자신만의 관점에 갇혀 사는 건 역작용이 생긴다. 갇혀 사는 것과 달리, 자기 세계를 구축하는 삶은 스스로를 보호해 준다. 명왕성은 퇴출되었지만 지금 이 시간에도 여전히 잘만 돌고 있다. 해왕성 그늘 밑에서 언제나 일정한 간격을 두고 태양을 공전한다. 행성이든 왜소행성이든 개의치 않고 주천을 거듭한다. 명왕성의 세계에선 우리 간의 소동이 아무런 가치도 의미도 발하지 않았다는 것이다.

　　어쩌면 누군지도 모를 무리의 평가에 너무 예민하게 반응하지만은 않았나. 그런 생각이 들면 명왕성을 기억한다. 자신을 제대로 알지 못함에도 이리저리 판단해 대고 정정하는 사람들의 말에는 일말의 가치도 없음을, 태양계 저변의 천체는 진즉에 알고 있었을 테니까. 태양계에 편입되었던 반대로 퇴출당했던 제 뜻이 아닌 것에 연연치 않는 명왕성처럼. 늘 그 자리에 있는, 이제는 이름조차 빼앗긴 왜소행성 134340처럼. 내가 구축한 세계에서 내 할 일만 잘 해내면 될 일임을 기억한다.

아주 작은 것들의 힘

깜빡 잠에 들었나 보다. 눈을 떴을 땐 목적지에서 한참을 지난 낯선 어느 동네인 걸 보니. 분명 버스 창문에 머리를 기대어 볼륨 높인 이어폰으로 노래에 집중하고 있었는데, 한 번씩 조는 일이 있더라도 늘상 집 근처에서는 눈이 떠졌는데, 그런 여유조차 챙길 정신이 일순 다 떨어졌나 싶었다.

가만 돌아봤다. 밥을 있는 대로 대강 먹고 치운 날. 미뤄 둔 설거지와 빨랫감들이 자꾸만 존재감을 드러냄에도 애써 무시한 채 지낸 기간. 우편함은 비워지지 못해 내용물을 토해 내고 머리카락은 점점 더 시야를 덮어 오던 그간. 한동안 아무것도 하기 싫어서 아무것도 안 하려 했더니, 정말 무엇 하나 티끌도 하고 싶지 않았던 일일들이 보였다. 일을 마치고 집에 오면 얼른 다음 날이 오길 바랐다. 문득 사라져 버린 무연한 지난날처럼, 달력의 하루가 또 한 번 증발되길 원했다.

열심히 달려왔다고 생각했다. '열심'이란 으레 불안을 잊게 할 방안이 되어 준다고 하니까. 이따금 비틀대도 나름 균형을 잘 잡아 왔다고 여겼다. 하지만 직감 비스름한 게 말했다. 이번엔 그리 가볍지 않을 거란 걸. 올 것이 왔나 보다 했다. 누구에게나 불현듯 찾아와 꼭 한 번씩 괴롭히고 간다는 침체의 시기가. 슬럼프나 번아웃으로 불리기도 하며 이따금 느닷없이 드리우는 정체기가. 열심히 살아왔다고 생각했지만, 이제껏 날 이끌어 주던 그 열심이 빚어낸 무력감이라 그런지 일층 더 무겁기만 했다.

작지만 확실하게 할 수 있는 일을 했다. 손을 깨끗이 씻고 화려하진 않지만 시간 들여 정성껏 상을 차렸다. 쌓아 뒀던 설거지를 마치고 가벼운 운동을 했다. 묵혔던 빨래가 돌아가는 소리를 들으며, 서랍에 한동안 방치돼 있던 유산균도 오랜만에 챙겨 먹었다. 사소한 일들을 차례로 해내고 나니 덧없던 마음도 어느새 한풀 꺾여 있었다. 그리고 한참을 외면한 채 손 놓고만 있던 노트에도 펜으로 몇 자 적어 내었다.

작아도 아주 강한 것들이 있다. 몸 안엔 미생물이 39조 마리 정도 있다고 한다. 조그맣다 못해 미약할 정도로 작아서 이름조차 미생물인데, 미생물은 자기 상태에 따라 내 건강부터 기분까지 멋대로 이리저리 기울인다. 크기만 컸지 섬약한 사람은 미생물에게 면역력을 기댄다. 감정과 정신마저 미생물에게 일부를 맡긴다. 미생물의 생육에 따라 육체의 안락이 갈린다. 강한 척했지만, 그렇게 하루도 빠짐없이 작은 것들에 많은 것들을 의지하며 살았다. 미생을 이끄는 존재는 정작 미생물이었다.

아주 작은 것들의 힘을 믿는다. 언젠간 지나갈 시간이다. 서두르지 않아도 지나갈 시간. 작은 것들은 시간을 빠르게 지나가게 해주기도 한다. 이따금 지난할 무렵엔 외려 작은 일들을 하며 보낼 것을, 포스트잇을 살짝 떼어 적어 둔다.

세포, 배터리, 픽셀

익숙함은 편안한 색안경을 씌운다. 때문에 가끔은 억지스런 불편도 느껴 낼 필요가 있는 법이었다. 몸은 점차 아늑함을 추구하고, 뇌는 자꾸만 익숙함에 젖어들길 권려한다.

익숙한 행동, 낯익은 생각, 편안한 시선은 에너지 소모가 적다. 생존에 유리하단 뜻이다. 우리가 의지하는 몸 속 자잘한 부품들은 여느 때나 자연스레 항상성을 따른다. 체온은 언제나 36.5 내외의 범주에서 벗어나지 않으려 하고, 내분비계가 끝 모를 길항작용으로 혈당과 삼투를 일정하게 유지하려 하듯이. 일정감의 습관은 사람의 행위 중 에너지 소모가 가장 큰 사고 행위에서도 마찬가지인지라, 한번 굳어진 인식들에도 틀을 가두려는 그림자가 서서히 드리운다. 그렇게 익숙함이 놓은 초석은 고정관념의 기반이 되어 시간을 업은 채로 쌓여만 간다.

　　　단어 하나에도 여러 뜻이 내포되어 있다. '셀cell'이라 하면 흔히 세포를 떠올리곤 하지만, 전지의 단위를 나타내는 데에도 주로 쓰이는 단어다. 생명과학에 각고하는 이에겐 응당 세포이기만 하던 단어가 공학을 다루는 자에겐 의미가 변하기도 하는 이유다. 컴퓨터를 자주 만지는 사람에겐 시트를 나누는 단위로 은유되기도 하고, 하물며 감옥이란 의미도 담겨 있으니 어쩌면 다른 세계에선 생각지도 못했던 뜻으로 통용되기도 할 테다. 이렇듯 각자에게 맞는 편안함과 익숙함에 따라, 서로에게 주어진 환경과 상황에 맞춰 동일한 단어일지라도 위시되는 뜻과 해석이 갈라져 나간다.

　　따져 보면 웬만한 건 그런 식이다. 현상은 하난데, 해석은 다르니까 같은 걸 봐도 속에 담긴 의미가 혼용되곤 한다. 경험과 시선이 다양하니 뜻풀이 또한 가변적이다. 비단 단어 하나만으로도 떠올리는 모습이 이렇게나 갈리는데, 여러 현상이 뒤섞이고 포진해 대는 사회로 나가면 갈래 길은 한층 심화된다. 그걸 받아들이지 못해 툭하면 서로가 갈라지고, 타진 간격 사이에서 편가름이 태어난다. 자연스레 반목하고 대립한다. 시각이 다르단 이유만으로 누군가의 진의가 왜곡되고 함의마저 얼룩진다.

　　알고리즘은 우리의 이런 유약한 면모를 이미 다 파악이라도 한 건지 각자의 익숙함이 낳은 틈새를 집요하게도 파고든다. 원하는 것만 들려 주고 익숙한 내용으로 눈을 가린다. 편안은 편향을 부추기고, 그렇게 알 듯 말 듯 확증에 대한 편향은 커져만 가고 있었다. 언제나 같음을, 일정을 유지하려는 항등 현상이 아무리 개인의 생존에 유리할지라도 여럿이 모여서 소리를 내야 하는 순간엔 유해한 태도에 불과하다.

　　사고관은 모두 달라도, 가치관이 저마다 정합하지 않더라도 뚜렷한 것이 있다. 모두의 목적지는 하나라는 사실이다. 대다수는 세상이 조금 더 나아지기를, 행복함과 따뜻함이 퍼져 나가 만성적이던 소외가 줄어들기를 온당 바란다. 그저 하나의 지향점을 향한 표현과 방식이 저마다 다를 뿐이었음에도, 서로는 옳고 그름으로 단정지어 버린다. 실상은 같은 이상을 떠올리는데도 말이다. 그러니 여태 의지해 오던 익숙함과 편안함, 능숙하고 너끈한 시선을 과감히 내려놓을 줄도 알아야 한다. 불편함을 짊어진 채로 때론 저변에 서볼 줄도 알아야 한다.

　　익숙함이 낳은 관성은 분명 눈에 보이지 않는다. 관성이란 정의대로라면 '가상의 힘'이기에 어쩔 수 없다.

그렇기에 한 번 더 주의를 들여 봐야 할 뿐이다. 세포냐 전지냐, 시트냐 감옥이냐의 차이는 일말 중요치 않다. 한 차원 위를 넘으면 사실 모두가 같은 단어를, 똑같은 모습을, 동일한 세상을 바라보고 있을 뿐이다. 그저 형용법이 달랐고 접근법의 차이였다. 단지 그에 관한 고민이 부족했던 결과였다.

부인할 수 없는 갈등의 시대다. 갈등 속에 피어난 저마다의 생각은 제각기 달라 보이기만 한다. 허나, 모두가 결국 같은 곳을 향하고 있음은 틀림없다. 그러니 분명 해볼 만한 일이다. 익숙함의 커튼을 걷어 낼 때 다방면의 심상들은 얼기설기 조화를 이뤄 곳곳으로 저며들 수 있다. 저며든 심상을 따라 훈풍도 얼마간 더 불어올 테니 말이다.

3도 화음

　　부단히도 풀어내고 싶지만 마음만큼 따라 주지 않는 영역들. 사람과의 관계는 그중 제일로 꼽힌다. 나를 이어 주던 관계들이 건강치 못하다는 생각은 잊히지도 않고 틈틈이 찾아온다. 오랜 관계가 무너지는 모습을 보다 보면, 이따금 헛살이에 대한 고민이 들 정도로 깊어지던 순간도 다가온다. 세월을 머금은 지층에 다채로운 퇴적층이 쌓이고 나무가 겹겹이 나이테를 품어 내듯 개인사에도 사람이 오간 흔적이 축적된다. 하지만 자연이 품어 내던 넓은 품들과는 달리, 날로 좁아져만 가는 스스로의 모습에 주눅은

늘어 간다. 나날이 늘어나던 주름과는 반대로, 쪼그라드
는 관계들을 곱씹다 보면 물밀듯 회의감이 밀려들곤 한다.

어렸을 때는 부러워하지 않아도 될 영역에서조차
부러움을 많이도 느낀다. 기념일이면 축하 선물과 메시지
를 끊임없이 받는 사람들이나, 언제 어디서나 무리에 둘러
싸인 주인공들로부터. 어쩔 땐 세상의 조명이 그들에게만
비추는 듯 보이기도 한다. 줄이는 법은 모른 채 '아는 사람'
늘려 가기에 바빴을 때, 모름지기 친구란 숫자가 스펙이라
여겼던 치기 어린 시절에는 그게 전부인 줄 알곤 하니 말
이다. 그런 게 관계의 주효한 척도인 줄로 여긴다. 전화번호
부가 머금은 밀도보단, 두께에 더욱 눈길이 가던 이유였다.

그러다 불현듯 내 편에 대한 고민이 찾아올 때가
찾아온다. 살다가 한 번쯤은 무리에서 떨어져 나가 혼자 남
겨질 때가 오고, 듣도 보도 못한 뒷소문이 주체인 나를 배
제한 채 삽시간에 퍼져 나가기도 한다. 한없이 믿었던 사람

과 일순 양극단으로 갈라지기도 하고. 핸드폰 속에 늘여진 무수한 네트워킹 앱들과 그 안에 놓인 빼곡한 사람 중에서 금방이라도 기댈 수 있는 인물이 손에 꼽히지 않을 때, 당장이라도 달려갈 수 있는 이름이 눈에 들지 않을 때, 지난 과거 속에 남겨진 공간들이 허무해져만 가기도 한다. 모든 걸 신뢰한 채 등을 맞댈 수 있는 우군은 어디 있을까 하는 순간과 맞닥뜨린다.

줄어 가던 주변을 보며 착각하던 날들이었다. 숫자의 감소에 두려움을 느끼면 그럴 수밖에 없는 과정이다. 허나 돌아보면 외려 그게 자연스러운 모습으로 가는 작용이기도 했다. 건반 위엔 그리도 많은 음이 있다지만, 화음을 위해선 세 손가락이면 충분하다. 세 손가락으로 짚은 세 개의 음으로도 어울림은 충분히 드러난다. 아무렇게나 세 개를 모은다고 나지도 않는다. 서로의 빈 음정을 보완해 주는 세 가지 음이 절묘히 모여야만 발하는 소리기에 그렇다. 억지로 세 음을 눌러 봤자 듣기 싫은 불협화음만 발생하는 법이다. 다단한 음계들 중에 황금률을 따르는 세 개의 거리감은 몇 없다. 음 사이사이는 빼곡해 보였지만, 적절히 간격을 지키던 은밀한 거리감이 녹아 있었다.

자석의 같은 극을 억지로 맞닿으려고 애써 본들 그건 미련이다. 자성이 약한 자석이라면 잠깐은 기어코 붙여 내겠지만, 오래도록 지속 가능한 일도 아니다. 그런 불가항력에 에너지를 쏟아 낼 때 사람은 자신의 나약함을 한없이 체감한다. 악의 없는 멀어짐에도 억지로 이유를 붙여 가며 자책한다. 내가 편협하고 약한 존재인가, 나는 주변 하나 보듬지도 못하는 작은 사람이구나 하면서 책망한다. 하지만 숱한 멀어짐이 나의 잘못이나 못남만으로 발생하는 건 아니다. 상대의 부족도, 상대의 탓도 아니다. 간격 유지란 당초 불가능한 일이라 그렇다. 불가한 일은 애써 해내야할 일이 아니다. 한 틈의 거리감도 없는 운집은 되려 생명력을 잃고 만다.

그러니 애달픈 순간에도 전화 한 통이면 꾸밈없이 웃을 수 있는 두세 명이 있는 걸로도 족하다. 여러 사람의 축하와 위로보다, 그 전화 한 통에 깃든 진심 어린 한 마디에 다시 살아갈 힘을 얻어 내곤 하니까. 화음은 음이 많다고 해서 더 잘 나오지 않는단 건 화성학을 천착하지 않아도 아는 사실이다. 내가 어떤 소리를 내더라도 내게 필요한 음을 내어주는 사람. 여러 손가락으로 건반을 억지로 누르지 않는 까닭이다. 가장 편안하던 소리는 분명 세 손가락이 닿았을 때 나곤 했다. 그건 분명 우연이 아닌 법칙이었다.

스트레스가 자욱이 드리울 때

불안할 때면 손톱을 깨문다. 어린 시절 무의식간에 시작된 행동이 오랜 습관으로 남아 있다. 손톱 끝은 헤픈 세월이 누적된 탓에 무쭉같아진 지금의 손이다. 스트레스를 받아 내며 상처가 깊어진 손이, 못생겨진 그 모습이 이제는 콤플렉스의 한 조각으로 남기도 했다. 그걸 알면서도 잘 끊어 내질 못하는 건 급히 진화해 줄 만한 여타 대체재가 없다는 뜻이기도 하다.

손톱이 얼마간 다 파이고 나면 남은 불안은 산불

이 그러하듯 옆으로 옮겨붙는다. 손톱 주변부 거스러미가 뜯겨 상처와 흉터로 빨갛게 물들어 간다. 문득 그걸 보고 있자면 근간 스트레스가 누적되어 왔단 사실도 덩달아 알게 된다.

스트레스 해소법. 한날엔 검색도 해봤다. 손톱을 지키려면 스트레스의 정체를 알아내야 할 것 같아서. 조회 수가 수백 만이 넘는 동영상과 무수한 댓글이 달린 포스팅이 이어진다. 호기롭게 하나씩 눌러 보고 기대감에 여럿 들여도 봤다. 조금이나마 도움이 될까 해서 내뱉는 문장 하나하나와 자막 한 줄마저 정묘하게 집중했다. 스트레스를 정의하던 수많은 표현들. 어느 정도는 공감을 구하고 고개를 끄덕이기도 하던 말들이었다. 그렇지만 온전히 받아들이려 한들 직관적으로 와닿을 순 없었다.

같은 사람의 생각이라도 내게 오는 길엔 꼭 얼마간 이질적으로 변모하는 법이다. 그러니 그저 참고 사항이라 여겼다. 타인의 생각은 내게 진리가 될 순 없으니까. 그래도 스쳐 가는 한 마디가 와중에 눈에 들었다. 찾고자 하는 답은 으레 내면에 있다는 말. 외부에서 어떤 것들을 뒤져 봐도 떠오르지 않던 거란 메시지. 구태여 이곳저곳서 찾지 말라던 말마따나 스스로에게 한번 물어본다. 보편의 동의가 아닌, 내게 가닿을 만한 정의가 뭔지에 대해서.

심리학과 의학, 아니면 철학과 인문학까지. 인간을 탐구하고, 스트레스와 맞닿을 만한 분야는 다 들여다봤지만 거개는 마뜩찮았다. 대신 이미 알고 있어 직관적이던 정의를 꺼내 본다. '단위 면적당 가해지는 힘'이란 단순 정의를. '가해진 압력을 면적으로 나누어 떨어진 값'이라는 명료한 뜻매김을. 갖은 수사로 덧입혀져 모호하기만 하던 단어를 역학의 세계에선 오히려 단일하게 정의하고 있었다.

전혀 관련 없을 듯한 분야에서 선뜻 알려 주던 모멘트가 있다. 스트레스가 쌓였다는 건 허용된 면적을 초과

한 외압이 작용하고 있다는 의미였음을 떠올린다. 면적을 늘려 힘을 분산시키거나, 한 번에 받아 내야 할 힘의 총량 줄일 필요가 있단 뜻. 손끝이라는 하나의 좁은 수단에만 의지하지 않고, 때로 너무 벅차면 한 번에 감당하지 말고 덜어 내라는 의미였다. 그렇게 욕심을 덜고 한 곳에만 가해지던 힘을 차츰 줄여 내면 된다는 풀이였다.

스트레스가 눈앞에 자욱한 순간엔 정의를 의식하며 잠시만 쉬어 본다. 억지로 참으려다 무의식적으로 손톱을 짓누르던 압력을 덜어 내기 위한 수단으로서. 차츰 의식적으로 해나가면, 스트레스에 짓눌려 생겨 버린 오랜 습관도 자연히 고쳐질 테다. 뜻풀이가 명료해 좋다. 어려운 문제일수록 돌아갈 것 없다. 알고 있기에 직관적인 접근이 유효하다. 저만친 소외돼 있던 마지막 정의가 외려 가닿을 수 있던 이유다.

내게 허락된 욕심

남의 떡 구경할 일이 너무 많다. 과소비를 자랑하듯 내비치는 프로그램과 편집된 부분만을 드러내는 미디어. 일상의 태반을 가리고 일순의 조각만 전시하는 디지털 공간까지. 멍하니 하나둘 보다 보면, 미세먼지가 들러붙듯 부러운 마음도 어느새 몸에 덕지덕지 달라붙곤 한다. 부러움과 조급함을 양분 삼아 은연중에 욕심이 피어난다. 내게 꼭 필요한 게 아니더라도 갖고 싶어지고, 내게 없어도 충족한 것들에게도 탐하는 마음이 생겨나는 양태다.

욕심 들어내기란 여간 쉽지 않다. 숱한 것들이 감정선을 자극해 대니 덩달아 만족의 폭도 좁아진다. 하나가 잘되면 기뻐할 틈도 없이 응당 그래야 한다고 여기며 다음 걸 준비한다. 시작도 않은 것에 벌써부터 결과를 다그치기도 하고, 때로는 지금도 벅차면서 발을 더 뻗으려고 애쓰기도 한다. 내가 부족해서 그럴까 싶지만 원래 그런 법이다. 하나 해내면 다음이 눈에 드는 게, 두 개 가지면 여럿이 눈에 차는 게, 남 손에 쥐어진 물건이 탐스러워 보이는 게 본능이다.

그럼에도 욕심을 들어내야 하는 이유는, 무거운 건 언젠간 무너지기 때문이다. 무거울수록 붕괴도 빠르게 다가와서 그렇다. 과적한 선박이 못 버텨 가라앉고, 무리하게 적재한 건물이 무너지듯 뭐든 그렇다. 자연 속 입자 중 가장 무겁다는 우라늄 또한 제 무게를 감당 못 하며 툭하면 분열한다. 감당 못 할 무거움이 쌓이면 자연스레 무너지는 게 자연의 순리다. 타자의 인생 중 빛나는 찰나를, 그마저

도 윤색하며 가꾼 그 잠깐의 순간이 내게 들러붙게 내버려
둘 필요가 없는 이유다.

욕념의 존재를 애써 외면하는 건 아니다. 대신 그
득한 심보를 반대로 건강히 사용해 본다. 쟤도 하고 너도
하니, 나도 응당 해야 한다는 마음. 그도 있고 그 사람도 가
졌으니, 나도 족히 지녀야 한다는 마음. 동료도 즐기고 친
구도 누리니까, 나도 능히 하고 싶다는 마음. 그 가운데에
서 내게 필요한 게 뭔지 고민한다. 타인이 쥐여 준 조급함
과 부러움에서 탄생한 욕심인지, 내가 바라던 이상을 채우
기 위해 태어난 욕심인지 분간하려 한다. 그렇게 욕심을 분
리해 낸다.

내가 닿을 수 없는 것을 탐하는 순간 욕심은 욕망
이 된다. 내게 필요하고 성장의 발판이 되어 줄 것에만 욕
심낸다. 딱 감당할 정도로만. 맛있는 음식이라도 한계를 초
과해 탐식하면 끝에는 결국 게워 내야 한다. 한가득 시킨

음식이 남으면 결국 찌꺼기가 되어 쓰레기가 된다. 그게 욕망이고 그래서 덜어 내야 한다. 종이 한 장의 무게는 개의치 않겠지만, 200페이지가 쌓인 책 한 권은 묵직한 부피감을 낸다. 상자에 한가득 모인 종이 더미가 주는 무게감은 결코 가볍지 않다.

요즘은 남이 어딜 가서 뭘 했고, 무얼 가졌으며 어떤 사치를 누렸는지에 대해 알기가 너무 쉬운 세상이다. 그러니 깊은 관심을 애써 배격한다. SNS에도 일부러 많은 시간을 들이지 않는다. 속이 좁은 자아가 그런 것들을 보다 보면 또 들러붙을 욕심의 존재를 아니까. 그 시간을 다르게 써 본다. 비워 낸 후 여남은 진짜 욕심들, 걸러 내고서야 드러나는 바람들, 헛된 욕망과는 달리 나를 채워 줄 이상향이 뭔지 곰곰이 생각한다. 욕심이 과밀해질 때면 가만히 앉아 눙칠 일이 아니다.

화마가 덮치고 해일이 쓸어도 남는 것들이 있다.

평소엔 눈에 안 띄던 작디작은 사물들. 한바탕 소동이 진정되고 나면 그제야 눈에 드는 소박한 물건들. 그처럼 내재된 가치는 외부의 시선을 거두어야 보인다. 바라볼 때 비로소 배가된다. 남실거리던 마음과 멀어지는 이유, 넘겨다보던 물질과 벌어지는 연유도 다름없다. 외부에서 시작된 욕심의 파도가 휩쓸어도 기다려 본다. 그리고 지나간 자리에 남은 내 몫의 욕심만 주워 담는다. 그렇게 여과되어 남은 자연한 욕심, 내게 허락된 욕심에만 집중해 본다.

당장은 변하는 게 없다지만

다녀간 자리를 어지러이 둔 채 떠나는 사람. 길바닥에 쓰레기를 휙 던지며 지나는 사람. 함께 쓰는 공유 자전거를 아무 데나 세워 두고 제 볼일 보러 가는 사람, 혹은 사익을 위해 숨겨 두기까지 하는 사람. 공공의 장소를 사석화하는 사람. 별일 아닌 듯이 정해진 질서를 따르지 않는 사람. 사사롭고 삿된 일들을 사소하게 여겨 무심코 행하는 사람들이 있다.

버스에서 선뜻 인사를 먼저 건네는 사람. 멀더라

도 횡단 구역까지 걸어가 신호를 지키는 사람. 번거롭더라도 종이와 플라스틱, 알루미늄이 얽혀 있는 포장 팩을 낱낱이 떼어 내서 배출하는 사람. 귀찮더라도 성분을 확인하며 식단에서 작별한 육류를 꼼꼼히 걸러 내는 사람. 굳이 종교의 영향 아래 있지 않더라도 자신이 선택하기로 한 일들을 선뜻 지켜 내는 사람. 사소하지만 작은 신념을 지켜 가는 사람들도 있다.

휴지 한 장 덜 쓴다고 해서 당장에 바뀌는 건 없다. 그런 행동 하나로 나무가 보호되고 지구가 금세 회복되진 않는다. 그럼에도 최소한만 떼어 내려는 사람들, 내게 필요했던 보통의 양을 기억하려는 자들이 있다. 때로는 아무도 보지 않는다는 생각에 이기심이 피어난다. 어차피 나 하나쯤이라는 마음이 꿈틀대기도 한다. 그럼에도 이름 모를 누군가가 남겨 둔 온기를 이어받았던 날을 떠올리며, 자신의 온기를 떼어 내어 남겨 두는 사람들이 확연히 있다.

당장은 변하는 게 없다지만 실천하는 사람이 있다. 개인의 도덕을 지켜 내는 사람이 있다. 당장은 바뀌는 게 없다지만, 대단찮은 행동들이 그런 식으로 곳곳에서 반복되고 있다. 반복되어 발현되고 있다. 그리고 그런 작은 행동이 선뜻 세상을 조용히 바꾸고 있다. 부분이 집단이 되고, 집단이 전체로 반복되는 프랙털 모양처럼. 티는 안 나더라도 서서히 은은하게. 어딘가에서 이따금 그들이 남기고 간 훈기를 또렷이 기억한다.

작디작은 현상이 모여 큰 사회가 되고, 거대한 사회에서 하나의 세상이 윤곽을 드러낸다. 각자의 체온이, 제각각이던 온유함이 모여 낼 커다란 시너지를 안다. 혼자서 행하던 작은 실천들이 어느새 기여할 커다란 무늬를 머릿속에 그려 낸다. 프랙털스럽게 세상의 패턴을 바꿀 작은 신념들의 힘을 믿으니까, 내가 믿는 소량의 실천들을 또 하나 해낸다. 또 다른 누군가에게 가닿길 바라는 마음으로 다녀간 자리에 또 한 번의 작은 온기를 남긴다.

손때 묻은 것들

　　　아날로그에 아직 익숙하다. 아이패드가 있고, 스마트폰과 노트북이 두어 대 있어도 그렇다. 중요한 건 웬만해선 손으로 한다. 중요한 사람에겐 짧아도 손으로 편지를 쓰고, 중요한 기억은 타이핑 대신 다이어리에 손으로 남긴다. 디자인 툴을 끄고 손으로 그려 낸다. 요즘은 전자 결재나 전자 문서에 익숙해져야 한다는데, 디지털로 그려 내고 매무새도 화려하게 매만져야 능력이라 하는데도, 고전적인 방식이 편하다. MZ세대는 디지털 노마드라곤 하지만 여전히 손으로 하는 일들에 마음이 간다.

손에는 많은 흔적이 남는다. 흔적이 많다는 건 그만큼 손에 익은 것들이다. 손이 닿을수록 지문이 남으면서 그때의 촉감이 저장된다. 당시의 질감이 기억된다. 그래서 하나둘, 오래되거나 안 쓸 걸 알아도 버리지 못하는 존재가 생겨난다. 이사 철이 되어도 한동안의 고민 끝에 상자에 다시 담아 두곤 하는 존재들. 손이 남긴 흔적들이 아까워, 손이 묻힌 세월들이 소중해 보관하게 되는 그런 것들. 손은 그렇게 흔적을 남긴다.

옷장이 가득해도 자꾸만 꺼내는 옷이 있다. 신발장이 꽉 차도 늘상 내어 신는 신발이 있다. 여러 개 걸려 있음에도 이내 선택이 중복되는 가방이 있다. 물건들에도 기억이 있다. 자주 입는 옷, 매번 신는 신발, 항상 드는 가방. 손이 간다고 표현하는 느낌이다. 손이 가게 되는 건, 함께한 흔적을 공유하는 일이고. 기억은 뇌가 독박하는 일만은 아니다.

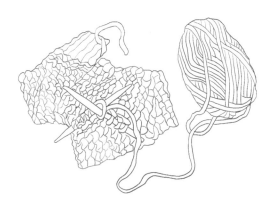

내게 가장 잘 맞고 나와 잘 어울리며 나를 잘 살려주는 걸 아니까 손자국이 남은 그것들에 자꾸만 손이 간다. 그래서 버리지 못하는 존재지만, 그러니 소중한 물건이 되어 간다. 손때 묻은 것들에 마음이 편해지는 이유다. 손으로 하는 일이 좋은 이유이고. 손이 남긴 기억과 흔적의 값어치를 알기에, 디지털 시대에도 서툴지만 자꾸만 손으로 하게 되곤 한다. 손으로 짜준 목도리가 비뚤배뚤하다 해도 그런 비뚤함을 누가 싫어할까. 오랫동안 쓰고 매만져서 길이 든 흔적, 손때 묻은 것들이 좋다.

습관적 능동태

       일상은 습관으로 물들어 간다. 늘 가던 2층짜리 목조 카페의 익숙한 창가 자리와 그 위에 놓인 아이스 아메리카노 한 잔. 왼 주머니 속 체크 카드와 오른편 뒷주머니의 휴대폰. 신발을 신고 벗을 때면 항상 먼저 드나드는 한쪽 발처럼 일상 곳곳에 녹아든 관습의 흔적들이 습관의 존재를 증명한다. 그런 습관들은 우리의 일상을 차츰 길들여 나간다. 의식을 일부 삼킨 습관 덕에 정신없이 바쁜 일상 속에서도 매일같이 쓰는 물품이 어디 있는지 일일이 떠올리지 않아도 되고, 내게 편한 장소와 위치를 틈틈이 기억해 내기도 한다.

　　습관에 물들면 몸이 먼저 기억하고 움직이듯, 감
각 체계 또한 습관에 많은 걸 기댄다. 쾌락과 쾌감이 주어
질 때 해당 행동을 반복하려 드는 건 누구에게나 차별 없
다. 만족감을 추구하는 건 자연스러운 현상이니까. 그럼에
도 요즘은 단시에 작은 노력으로 큰 보상을 유도하는 자극
이 도처에 넘쳐 나기에 때로는 문제가 되기도 한다. 일상에
서 접하는 갖은 자극들로 인해 감각에도 자꾸만 습관이 물
들어 간다. 그 덕에 도파민이라는, 한때는 생소할 만한 단
어가 이제는 모두가 인지할 정도로 만연해진 요즘이다. 일
량의 노력이 동반되어야 얻을 수 있는 대개의 정서적 보상
과는 다르게 쾌락은 얻기 쉬운 탓이다.

　　감각을 보상하는 데엔 숱한 방법들이 따른다. 그
중 오직 한 길에만 빠져든 사람들은 흔히 도파민과 같은 하
나의 보상만이 행복에 근접할 방식이란 착각에 빠져든다.

도파민 또한 행복감을 이루는 한 축이지만 혼자서 다른 모든 걸 대신할 순 없다. 정서적 보상을 주는 관점에서 본 행복의 카테고리에는 너무나 많은 항목이 내재해 있기 때문이다. 그런 항목들을 관장하는 여러 호르몬 또한 우리 몸에 적절히 내포되어 있다. 우울감과 불안감을 제어하는 세로토닌, 고통과 통증을 잊게 하는 엔도르핀, 유대와 애정으로 안정감을 건네는 옥시토신, 보상의 기쁨을 주는 도파민까지. 정서를 위로하고 심신을 안정케 하며 기분을 고취시키는 기작에는 여러 호르몬의 협업이 숨어 있다. 행복이라는 단어 하나로 어설프게 뭉뚱그려 표현되는 대전제를 환원해 보면, 대전제를 이루는 곁가지가 팔방으로 뻗어 있다.

곁가지가 다양하게 갈라진 만큼 얻는 메커니즘 또한 저마다 달리한다. 햇볕을 쐬거나 명상을 할 때 세로토닌이 분비되고, 엔도르핀은 격한 운동을 하면 할수록 분출된다. 옥시토신은 사회적인 유대감과 사랑의 감정을 기판 삼아 배출되며, 아드레날린은 위기 때 방출되어 신체를 지켜 낸다. 당연하게도 각 호르몬을 유발하는 행위와 작용은 천태만상일 수밖에 없다. 호르몬별 각자에게 적합한 수용체마저 다르다. 때와 장소, 경우에 따라 변모해야 하는 사회생활 속 TPO처럼, 행복감에 감통하는 방법 또한 적재적소를 아는 것에서 시작된다. 인정이 필요한 순간, 보상이 필요한 기간, 안정이 필요한 근간, 애정이 필요한 시간. 상황과 감정에 따라 필요한 감각이 뭔지 겪어 보고 느껴 보며 시의 적절함을 차츰 알아 가는 영역이 행복감이다.

뭇사람에게 물어보아도 하루 중 가장 애정하는 시간은 별다르다. 일찍 일어나 차분히 커피 한 잔을 마시는 아침, 졸린 오전을 보상하는 점심시간, 모든 게 생동감 넘치는 한낮이나 어스름에 드는 해 질 녘, 안락한 집에서 휴식을 즐기는 늦저녁과 적막한 새벽까지. 다른 만큼 힐링의 개념 또한 각자의 개성을 띤다. 모두 제각기 다른 감각을 주기 때문이다. 정서에도 다를 것 없다. 쾌감이나 쾌락이란 보상적 행복을 좇아야 할 때도 있는 반면, 안정과 안

락에서 얻는 평온을 추구해야 할 때도 온다. 하루 끝의 고요함이 가장 큰 만족감을 가져다준다고 해서 얼마 되지 않는 그 한 틈만 누리려 드는 건, 한낮의 열기가 주는 생동감이나 넋두리가 오가는 늦저녁만이 주는 위안을 포기하는 행동과도 같다.

행복감은 피동체가 아니기에 행하면서 얻어진다. 수동적으로 느끼는 것보단 능동적으로 알아 가는 과정에 가깝다. 쾌락, 쾌감, 기쁨, 흥분, 위안, 평안, 안정, 안락, 사랑 모두 행복의 곁가지들이다. 이외에도 차고 넘치는 감각들이 내재되어 있다. 어느 하나가 여분을 대신할 수 없다. 중심체가 되는 하나의 항목 또한 전무하다. 뇌하수체니 호르몬이니 복잡한 체내의 화학작용에 대해 내밀히 이해하지 않더라도 충분히 느낄 수 있다. 적소에 맞는 행복에 손을 뻗을 때, 적합한 반응이 응답해 준다는 사실 말이다. 자산을 한 곳에만 들이붓는 포트폴리오는 위험에 빠지기 십상이고 한 과목에만 몰두한다고 해서 원하는 성적을 얻을 수 없다. 흥분이 주는 쾌감 한쪽에만 쏠린 행복은 오래 가지 못함 또한 매한가지다.

　　가끔 취미가 없다고 답하는 사람을 만난다. 막상 그들의 이야기를 조금만 들어 보면, 취미가 없다기보단 취미로 인지하지 못하는 경우가 태반이다. 짧은 산책을 통해 위안을 얻으면 그 또한 취미가 되는 법이다. 취미는 발견하는 것이고, 발견한 취미엔 다양한 감각이 따른다. 다양을 감각을 누릴 때, 한 아름 다변하는 행복감을 느낄 수 있다. 그러니 편안한 방안이 있다고 해서 하나에만 몰입하고 몰두하려 들진 않는다. 쾌감만을 공급한다 해서 몸이 요구하는 일정량의 안정과 평안의 감각까지 충족할 순 없다. 때에 따라 감각하고, 셈에 맞게 감통할 것들이다.

　　식음, 수면, 성욕. 크든 작든 모든 유기체에겐 일차적 욕구가 있다. 어떠한 생명체든 수면욕을 해소하기 위해 음식을 먹거나, 성욕을 해결하려 잠을 취하지 않는다. 다방면의 신체적 요구에 따라 때에 맞춰 감응하는 게 자연의 섭리다. 기본욕 중 하나라도 결핍되면 생동력은 급감하고 생명에도 위협된다. 행복욕에 있어서도 다를 것 없다. 그럼에도 한번 맛본 도파민적 행복감은 중독적이라, 그곳에만 몰두된 모습을 여전히 어렵지 않게 찾을 수 있다. 이미 사변에 퍼진 초연결 기기들이 중독성 짙은 감각을 강화시키는 데엔 너무나 적합하기 때문이다. 그러니 편안한 쾌감에 습관이 물들기 전에, 쉽게 얻은 건 쉽게 휘발되었음을 잊지 않고 기억한다. 습관에 물든 것들은 태반의 일상을 만든다.

삐딱한 시선

이따금 삐딱해져 본다. 늘 올곧음만 강요받으며 살아왔으니 반대급부의 태도를 지녀 본다. 전혀 느끼진 못하지만, 지구도 원체 살짝 기울어져 있다는데. 우리가 일말의 인식도 없이 일상을 지내 온 와중에도 언제나 그랬다는 데 말이다. 그런 삐딱함은 우리에게 네 가지 계절을 만들어 주었고, 지역과 위치의 차별 없이 온 사위에 양지를 가져다주었다. 그러니 우주적 시점으론 기울어진 시선이 되려 정방향이 아니었을까. 이젠 오히려 이런 자세가 자연에 부합한 게 아니었나 싶기도 하다.

가끔은 삐딱선에 탄다. 기울어져 세상을 바라보기도 한다. 기울어진 덕에 계절도 만들어 내는, 온기도 전달해 주는 그런 지구의 삐딱함을 모사한다. 느끼지 못해도 알고 있는 것과 몰라서 당연시하는 건 또 다르니까. 잘못된 법이라도 시간에 한참 녹아들면 어느덧 정의 행세를 하듯 말이다. 예의범절을 주입받고, 시키는 대로 해내야 모범이 되며 틀에 맞춰 언행을 갖춰 낼 때 비로소 '괜찮은' 사람이 될 수 있었던 곳. 그러니 테두리 내에서 소량의 삐딱함은 견지해도 될 태도였다.

　　지루할 땐 세상을 얼마간 삐딱하게 바라본다. 삐딱하게 바라본 세상에서, 그제야 무던했던 일상을 타파할 사계절을 발견할지도 모르는 법이니까. 바른 자세, 바른 태도, 바른 생각, 거기에 삐딱한 시선을 한 움큼 섞어 낸다.

절대영도의 시선

온도의 상방은 한계가 없다지만 하방은 분명하다. 섭씨로 -273.15°C, 혹은 화씨로 -459.67°F. 끝없이 내려가지 못해 도달한 막다른 곳, 온도의 이론적 최저점이라 일컫는 '절대영도絶對零度'의 공간이다.

절대영도의 존재는 온도가 일정 선 아래로는 더 이상 떨어질 수 없음을 증명한다. 무량한 상승은 가능해도, 무한정 하락은 불허하는 지점. 그곳이 있음으로써 차가움의 한계 또한 명확해진다. 그런 절대영도를 시작점으로 삼는 '절대온도의 좌표계'에선, 현존하는 가장 차가운 극한極寒 값들이 곧 0으로 치

환된다. 일상 속 기준계에서 그간 중앙점을 의미하던 영(0)이란, 절대온도의 온도계에서는 이제 시작점이 되는 셈이다. 절대온도의 온도계에서는 모든 음의 값들에 붙던 마이너스 부호가 이내 소멸한다.

타국어를 습득한 이들에게는 새로운 공간이 창출된다고들 한다. 겪어보지 못하던 외국이라는 공간에서 만나보지 못하던 이국인과의 교감은 전엔 몰랐던 기회를 동시다발로 가져다준다. 대면할 사람, 가용할 자료, 경험할 문화가 그만큼 배가되는 덕이다. 음의 좌표에서 우측으로 한껏 밀린 절대온도의 시작점 역시 새로운 관점을 건네준다. 음산한 해석을 지워낸 시선 속에선 같은 현상을 마주한들 다른 관점으로 다가온다. 다감한 시선에서는 분노가 용기로, 충동이 결단으로, 오만함은 자신감으로, 예민함은 섬세함으로도 보이게 된다. 무릇 또 다른 해석이 나오기 마련이다.

그럼에도 냉담의 시선들이 사변에 만연한 건 여전한

사실이다. 반목과 비난으로 상대를 바라보고, 실망과 시기로 서로를 대하는 경우는 일상에 늘 녹아든다. 갈등과 교오로 대면하는 날들 또한 부지기수로 관찰한다. 예부터 불안과 걱정을 양껏 갖춘 이들이 생존 경쟁에서 주되게 살아남은 탓이다. 그러한 자연선택이 남긴 후손으로서 우리의 보편적 기준치는 대개 음으로 향하기 마련이다. 염려와 우려는 우점종이 된 사피엔스의 후대로서 현세대를 살아가는 우리에게 떼려야 뗄 수 없는 존재들이다.

그러니 스며드는 한기에 자꾸만 반기를 드는 이유도 다름없다. 뭐든 사용치 않을수록 퇴색 일로를 걷는다는 건 모두가 알고 있다. 외국어 또한 모국어라는 그림자가 너무나 짙기에 시간이 조금만 흘러도 희미해져 간다. 감퇴해 가는 언어에 맞춰 기회 또한 함께 좁아져 가기에, 새로운 영역을 누릴 수 있는 자격은 부단히 지속하려는 자들에게만 허용된다. 절대온도의 시선을 늘상 겸비해야 하는 사유도 마찬가지다. 쓰지 않으면 모국어에 가려 퇴색하는 외국어처럼, 새로이 적용한 기준과 척도 역시 방기한 채로 둔다면 보통의 기본값인 '하향적 시선'에 뒤묻히고 만다.

부여된 기질에 저항하는 일은 물론 여간 쉬운 과정이 아니다. 모국어를 떼어내고 외국어를 익혀내듯 항시 기를 쓰고 애써야 할 일이다. 그럼에도 해볼 만한 일이란 건 분명하다. 기억은 감각으로 떠오르기 때문이다. 어린 시절 듣던 노래를 들으면 잠시 그때로 돌아가고, 고향에서 먹던 음식을 먹으면 일순 그곳의 장면이 그려지듯이. 특정 향을 느끼면 향내를 처음 맡던 당시의 경험에 얼마간 경이하듯 말이다. 감각은 과거를 추억하고, 현재를 저장한다. 기계가 바이트로 세상 정보를 변환시키듯 사람은 오감으로 바깥 상황을 해석한다. 그리고 그건 촉감도 매한가지다. 살가죽에 닿은 감촉은 세상의 온도감을 번역하는 데 쓰인다. 차갑게 만진 세상은 차가운 기억으로만 남는다. 예보 속 수치로 주어진 온도란 누구에게나 동일하겠으나, 감각이 감응하는 '체감'온도는 사람에 따라 한없이 일변한다.

절대온도의 시선이 과반을 이룬 곳. 그곳에선 비관과 영하의 시선마저 감화될 수 있다. 열熱은 언제나 높은 곳에서 낮은 곳으로 향한다. 처음엔 둘로 나뉘어 있을지언정 점차 양쪽의 온감이 섞이고 하나의 온도로 매조진다. 결국엔 평형의 지점으로 향한다. 온도란 영원히 차갑지도, 무한히 뜨겁지도 못하는 균형추에 불과하다. 절대적이지도 않다. 과반만 넘어선다면 이미 퍼진 한기 역시 온기로 뒤덮어 상쇄가 가능하단 뜻이다. 정보와 지식 과잉의 시대 속 과포화된 데이터에는 비관과 침울의 정보가 숱하게 뒤섞여 있다. 가려내기란 결코 가벼운 일이 아니다. 그럼에도 온도에 대한 속성을 견지한다면, 불요한 정보를 거르는 데 가일층 도움 된다는 것을 믿는다. 그리고 이내 데워진 온기를 주변에도 한 아름 놓을 수 있다.

여느 해보다 추운 겨울, 누군가 툭 하니 던진 돌 하나에 생긴 일파가 모두의 만파로 퍼지는 모습을 모두가 지켜봤다. 그 속에서도 사람들은 온기를 한곳에 결집하며 끝내 한퇴寒退시켰다. 어떠한 현상이든 그를 대하는 시선의 성질이 결과를 좌우하기 마련이다. 영하권이 없는 세상을 만드는 주체는 날씨와 같은 외부 요인이 아니다. 그걸 바라보고 들으며 맡거나 만지는 자의 영역이다. 같은 온도의 다른 표현. 가장 차가운 온도가 0으로 표현된 세상, 절대온도의 시선을 갖춘 이들에겐 영하零下가 사라진다.

절대온도의 시선

1판 1쇄 펴낸날 2025년 1월 31일

지은이 서현

책만듦이 김미정
책꾸밈이 이윤미
표지꾸밈이 이민주

펴낸곳 띠움 **펴낸이** 서채윤
신고 2016년 5월 3일(제2016-35호)
주소 서울시 광진구 자양로 214, 2층(구의동)
대표전화 02.465.4650 **팩스** 02.6442.9442
book@chaeryun.com www.chaeryun.com

이 도서는 2024년 문화체육관광부의 '중소출판사 도약부문 제작 지원' 사업의
지원을 받아 제작되었습니다.